JN225343

はがゆい指《ゆび》

きたざわ尋子《じんこ》

ILLUSTRATION
金《かね》ひかる

CONTENTS

はがゆい指

はがゆい指

西崎双葉《にしざきふたば》はこの春から社会人になり、念願だった会社――ＪＳＩＡ《ジェイエスアイエー》の開発部に入った。

大学を三年で卒業したので、一般的な大卒よりは一年早い入社になる。それほど多い事例ではないが、各大学で年に数人はいるので騒がれることもなかった。

「あ、フィルムありがとうございました。あれすごくいいですね」

廊下で会った先輩社員に礼を言うと、そうだろうと言わんばかりに嬉《うれ》しそうな顔になった。

つい昨日、双葉はその先輩が作った特殊なフィルムを使わせてもらい、一つの依頼品を作り上げたのだ。

ラボに戻り、ふうと息をつく。

学生の頃から関わっていたこともあり、職場にはすんなりと溶け込めている。双葉と直接会ったことがなくても、彼が作ったものは社員たちも知っていたからだ。その上、正式な入社前から双葉は研修という名目で開発部に通っていたため、同期入社のほかの社員たちよりずっと早くに馴染《なじ》んでしまっていた。

双葉が入ったＪＳＩＡというところは比較的新しい会社だが、業界としては最古であり最大手である。知名度も高く、ここの社員だと言えば場が盛り上がるほどには注目されている。

日本《にほん》では近年法改正がなされ、民間人にも捜査権などの特別な権利を持たせることが可能になった。当然資格は必要で、その試験は非常に難しいとされている。学力だけでなく、身体能力や適性検査も実施され、これに通った者はそれだけで基本的な能力が高いと保証されたも同然だった。ちなみに試験に合格してからも、三カ月に一度の適性検査と年に一度の更新の際はテストが義務づけられている。それだけ厳しい資格なのだ。

そんな特別調査員たちが属するのがＪＳＩＡに代表される調査会社で、これは民間の警察ともいえるし、国家で承認された探偵のようなものともいえる。もちろん民間企業である以上、依頼には料金が発生し、エージェントの指名には別料金が必要となっていた。

双葉がいる開発部の仕事は、文字通り調査に使用する機器や道具などを開発あるいは改造、または修理することだ。さまざまな用途のソフトや各種探知機、薬品に至るまでを手がけているが、双葉は機械類を扱っている。

「うーん……」

手にしたメガネをあらゆる角度から眺《なが》め、双葉は内線電話をかけた。依頼されていた品が完成したため、テストをしてもらうのだ。

相手は仕事で外へ出ていることが多いのだが、今日は会議があると聞いているから、タイミングがあえば、と思った。

「それじゃ終わりましたら、こちらに来るように伝えてください。よろしくお願いします」

伝言を頼み、双葉は通話を終えた。個人的に呼び出すことも出来たが、仕事なのでここはケジメを付ける。

　別の作業に入って三十分ほどたった頃、呼び出した相手が現れた。開発部以外の者がこの部屋に入るときは、ＩＤカードや指紋または角膜認証が必要とされるのは当然として、来室の目的も提示しなければならない。同じ社員とはいえ厳しいのだ。

　双葉に与えられたラボは八畳ほどで、デスクや作業台のほかに工具入れやパーツなどを入れるキャビネットや棚《たな》でほぼいっぱいだ。来客が座るスペースなどありはしなかった。基本的には別室で依頼人と会うから必要ないのだが、今回の相手は特別だ。

「なんでここまで入って来んの」

「いまさらだね」

　確かに今日が初めてではないし、ラボにまで入って来ることを双葉も含めて誰も咎《とが》めたりはしなかった。

　目の前にやってきた長身の男は、今回依頼してきた相手でもあり恋人でもあるエージェントだ。名前を朝比奈《あさひな》辰征《たつまさ》といい、ＪＳＩＡのエースと言っても過言ではない優秀な男だった。年は結構離れているが、普段はあまり気にならない。いや、慣れてしまったというのが正しいだろう。

「とにかく、これ。試してみて」

　黒縁《くろぶち》のメガネを差し出すと、朝比奈は先ほどの双葉以上に時間をかけて外観を検分した。外から見たのでは普通のメガネとなんら変わりないはずで、まずは合格ということのようだ。

「レンズはどこに？　穴は確認出来なかったが」

「フレーム自体がそうだよ。上から特殊なフィルムを貼ったカバーかけてる形になってる」

「へぇ」

「表からじゃわかんないだろ？　で、録画のオンオフは、フレームをあわせてちょっと練習すれば出来ると思う」

フレームとこめかみの接触面がセンサーになっており、筋肉を動かすことでスイッチが入る仕組みだ。指などで外からスイッチを押さなくても操作が可能で、接触している相手や周囲に不審《ふしん》を抱かせないための仕組みだった。

つまりこのメガネ型のカメラを使う仕事というのは、非常に警戒心が強い者が相手だということだろう。

朝比奈が黒縁のメガネをかけると、妙にエリートふうになる。似合っているし、スーツ姿にもマッチしていた。

調整しながら何度かスイッチの入り具合と、録画出来ているかどうかも確認する。三十分ほどで作業は終了した。

「ＯＫ？」

「ああ」

「じゃあ報告上げとく。急ぐんだよね？」

「明日の朝イチで使うことになる。予定が狂わなくてなによりだ」

「超頑張ったからね……！」

既存の機器を改造したり極限まで小型化するのは双葉の得意分野で、子供の頃からやっていた遊びの延長のようなものだ。短時間でやれと言われても可能だったのはそのおかげもある。

双葉はこれがなにに使われるかは知らない。依頼されるときに使用条件は説明されるが、そこに具体的に名称などが出てくることは滅多《めった》にないからだ。朝比奈をはじめとする調査員たちも、必要以上のことは言わなかった。

「ほんと、結構大変だったんだよ？」

「悪かったね」

「思ってないだろ。絶対思ってない」

なにしろ納期が短すぎた。おかげでここ三日ほどは残業で、いっそラボに泊まろうかと思ったほどだった。それが出来なかったのもこの男のせいだ。毎日拉致《らち》されるように帰宅させられていたからだ。

「とにかく申請《しんせい》出しといて。帰るまでには渡せると思うよ」

「わかった」

双葉はメガネを持って立ち上がる。これを上司に見せ、社のデータベースに載せなくてはならないからだ。今回は朝比奈が使うが、ほかのエージェントも使えるようにリスト化するのだ。

朝比奈と一緒にラボを出て、同じようなドアが並ぶ廊下を歩く。ラボの壁やドアは強固な造りで、なかは見えない。万が一の事故を考えてのことだ。薬品などを扱う者の部屋は、また特殊な造りになっているようだ。

気がつくと朝比奈はまじまじと双葉を見つめていた。

「なに」

「多少は白衣姿が様になってきたかな」

「まぁ制服みたいなものだし」

本当は作業服のほうが双葉にとってはありがたいのだが、会社が支給してくれたのは白衣のみだった。これは開発部でラボを与えられている社員全員がそうだ。もちろん身に着けなくてはいけないものでもなく、まったく着ないで自前の作業服——市販の作業着だったり着なくなった私服だったりに着替えて仕事をしている者もいた。

「一つ間違えると、職業体験施設にいる子供みたいだね」

「ムカツク」

気にしている童顔を容赦《ようしゃ》なく突いてくる恋人に、双葉は目をすがめた。本気で腹が立つわけではないが、いい加減にしろとは思っていた。

二十歳を過ぎても、社会人になっても、双葉は高校生に間違えられる。最近になってようやく中学生と言われなくなった。しかもアイドル顔と言われる顔立ちなので、一人で歩いているとスカウトされることもあった。

「子供に手ぇ出してんの？」

「みたい、と言っただろう。本物の子供には手は出さないよ」

「初めてのとき、僕まだ未成年だったんだけど？」

しかもまだ高校三年生だった。卒業間近ではあったし、十八にはなっていたが、大人ではなかったはずだ。

「そうだったかな」

「覚えてるくせに。もういいよ。早く帰って」

「その前に……」

双葉が上司の元へと向かおうとすると、ふいに朝比奈の顔が近付いた。

出会ったときから変わらない、端正で男らしい顔に見とれる間もなく唇《くちびる》を塞《ふさ》がれた。

「なっ……」

一瞬で離れていったが、問題はそこではない。職場で、しかも誰が見ているかも知れない場所です

ることではないだろう。

だが朝比奈は涼しい顔だ。むしろ楽しげですらあった。

「では、また」

「もう来んな……！」

社内でキスされたのは初めてではない。ただ過去のキスはいずれもラボでだったので、誰に見られる心配もない状況だった。

朝比奈は薄く笑いながら去って行き、最後に爆弾を落としていった。

「報告は早くすませたほうがいいね。彼らも君に用事があるらしい」

「は……？」

視線を追った先によく知った人物たちを見つけ、双葉はぶわっと顔を赤くした。まさかの目撃者がいた。

「えーと、面会室で待ってるわ。Ａが空いてるみたいだからそこで」

「あ……う、うん」

苦笑いで送り出され、双葉は今度こそ上司の部屋に行った。あっという間に着く距離だがそれまでに気持ちを立て直し、上司にメガネ型カメラの説明と手続きをすませて面会室に向かった。

四人も入ればいっぱいの小さな部屋は、主に開発部のスタッフと調査員が依頼について話しあったり完成品を引き渡しするためのスペースだ。ごくまれに外部からの依頼を受けることもあるが、その場合は開発部エリア外の応接室を使うことが多い。

「えっと、お待たせしました」

「いや、アポなしで来たのはこっちだから」

並んで座って待っていたのは、ここの調査員である布施圭梧《ふせけいご》と穂村遥佳《ほむらはるか》だ。彼らとの付きあいも数年になり、年の離れた友人といってもいい関係だ。

布施は朝比奈に勝《まさ》るとも劣《おと》らない体格で、人当たりのいい明るい青年だ。いろいろと抱えていたものがあったことは双葉も知っているし、少しばかり食えないところもあるが、総じて感じのいい高スペックの男であることは間違いなかった。

もう一人の穂村はとにかくその美貌《びぼう》が際立《きわだ》っている。言葉数と表情に乏《とぼ》しく、基本的には他人を近寄らせないが、双葉にはそれなりに心を開いているようだ。布施とは幼なじみにして恋人だというのに、普段の彼から甘い雰囲気を感じることは滅多にない。布施は甘やかしたくて仕方ないようだが、穂村が拒否しているらしかった。

「なにか緊急？」

「いや、修理をちょっとね」

布施はそう言いながら、小さな通信機を取り出した。数年前からＪＳＩＡの調査員が調査先に潜入するときに使用しているものだ。

「遥佳がぶっ壊しちゃってさー。いや本体は無事だと思うんだけど、外装をなんとかしてもらえたらって」

「ああ……」

ブレスレットに偽装した通信機は、カモフラージュのためにアクセサリーとしても価値のありそうなものになっている。石などは付いていないが、銀細工《ぎんざいく》のような細かい仕事がしてあるのだ。製作者は双葉ではなかった。

「なんで僕？」

「壊したのバレないように、こっそり直してもらおうかなーと」

「えええー……」

それはどうなんだという批難を込めて布施と穂村を見ると、穂村もまた軽く布施を睨《にら》み付けていた。双葉ははたと気付き、首を傾《かし》げた。壊したのは穂村だと言っていたのに、交渉は布施が行っている上、この様子だ。

ピンと来た。

「なるほど。つまり壊すような原因を作ったのは布施さんなんだ？」

「ご明察《めいさつ》」

へらりと笑う布施に悪びれたところはなかった。反省もしていないように見えた。

「一体なにが？」

「いや、まぁいつものことと言うか。俺がちょっと遥佳にちょっかいかけたら、怒ってぶん殴ろうとして……みたいな」

「ああ……」

目に見えるようだった。あまりにも見慣れた光景で、生ぬるい笑みが浮かんでくる。人前でちょっかいをかけられることの照れ隠しで暴力に訴えているのかと思っていたのだが、誰もいなくても手や足が出るようだった。

「恋人なのに、つれないと思わねぇ？」

「仕事中はわきまえろと言ってるだけだ」

穂村の声は尖《とが》っていて、目付きもきつい。だが彼の感情は見た通りとは限らないので、双葉は小さく嘆息《たんそく》して頷《うなず》いた。

「夕方までにやっとくよ」

「サンキュー双葉ちゃん！　今度奢《おご》るわ」

話半分に聞いて双葉は立ち上がる。壊れているのはブレスレットの留め金の部分で、変形して折れてしまっている。パーツが紛失していないのが幸いだった。これならば三十分もあれば直せそうだ。

「悪いな」

「大丈夫だよ。穂村さんも大変だよね」

布施はけっして場をわきまえられない男ではない。あえて穂村の制止を無視したのだし、本当にだめな場面では絶対にしない。そこは朝比奈と同じだからわかった。

「遥佳の気持ちがわかるのは双葉ちゃんしかいねぇもんな」

「え？」

「なんつーの、抱かれる立場ってやつで」

「あー……まぁね」

「それにさっきもキスされてたし」

「あれは忘れて！」

いくら関係を知られている二人とはいえ、第三者に見られて嬉しい場面ではなかった。朝比奈のことだから、きっとこの二人にならば見せても問題はないと踏《ふ》んだのだろうが、双葉としては誰だろうと大問題だ。

からかってくる布施とは違い、穂村は呆《あき》れているといった態度だ。もちろん朝比奈に対しての感情だった。

「公然の秘密、ってやつじゃん。俺らもそうだけどさ」

「だからって人前でしていいわけじゃないだろ」

朝比奈と双葉が一緒に出勤し、時間があえばやはり一緒に帰っているのは、多くの社員が知っていることだ。双葉がただの新入社員ならば目に留まることもそうなかっただろうが、朝比奈はここの社員ならば全員知っていると言ってもいい存在なので、どうしたって目立ってしまうのだ。

「あ、そうだ。ところでアレ、まだ来てんの？」

部屋を出て行こうとした布施が、ドアノブをつかんだ状態でふと思い出したというように振り返った。

「アレ？」

「工藤《くどう》クン」

「あー……」

思わず苦笑いしてしまい、慌《あわ》てて表情を取り繕《つくろ》うが、いまの顔でいろいろと悟られてしまっただろう。布施もわかっているとばかりに頷いてくる。

「別に素《す》でいいよ？　気持ちはわかるから」

「まぁ、あの……うん、入社時期近いから、なにかと話す機会はあるけど。同期……ってことになるみたいだし」

話に出た工藤陽太《ようた》は今年からＪＳＩＡに入った男だ。布施たちと同じく調査員としてだが、一応同期ということで双葉に会いに来る回数は多い。

悪い男ではない。むしろ正義感あふれる真っ当な青年だ。弱者のために特別調査員になったと豪語し、双葉が見る限り常識的でもある。ただし理想を追い求め過ぎて若干現実が直視出来ていないところがあった。加えて空気が読めないところがある。

それにしても入社してわずか二週間足らずで、そんな認識が広まっているのがすごいと思った。

「あの空気読めない感じ、なんとかなんねぇかなー……」

「ウザい」

穂村はばっさりと切って捨てた。ここまでストレートに言うのは数少ないが、工藤を扱いかねている者は多いようだ。

「ま、そのうち嫌でも現実を見るだろ」

「ショックで辞《や》めるんじゃないか」

穂村は淡々と言い放ち、布施に苦笑をさせていた。だが否定の言葉は出なかった。

「あ、じゃそろそろ行くわ。よろしくな」

「はい」

布施たちが開発部を出て行くと、双葉も作業のために自分のラボに戻った。

朝比奈に頼まれていたカメラも完成したので、ブレスレット型通信機の修理をしたら、新しい通信機の開発に戻る予定だ。

新しい通信機というのは生体電流というものを利用する予定で、エージェントからの依頼ではなくＪＳＩＡの事業として数年前から開発が進められている。もちろん双葉一人が着手しているわけではなかったが。

ラボの廊下に差し掛かったところで、一つのドアが開いた。慌てて双葉はブレスレットをポケットに落とした。

「お、もしかして報告帰り？」

「そうです」

話しかけてきたのは開発部に十年いるという先輩の常盤《ときわ》だ。解析ソフトなどを手がけていて、双葉にもよくしてくれる。

開発部の社員たちは、新入社員の双葉のことを軽く扱ったりはしない。同僚や上司は双葉の実績を理解しているし、朝比奈が後ろにいることも知っているからだ。後者については多少思うところもあるのだが、すでに諦《あきら》めてもいた。

「そうだ、今日の帰りって定時？」

「の予定です」

「じゃ、いつも通り声かけて」

「すみません。お願いします」

ぺこりと頭を下げ、ラボに戻った。

双葉は出勤時も帰宅時も基本的に車だ。朝はだいたい朝比奈と一緒で、彼が早く出かけていったときなどは布施や穂村の車に同乗し、帰宅時はやはり朝比奈か、無理なときは常磐が送ってくれる。常磐の帰宅ルートの途中に双葉の住まいがあるからだ。その点については常磐の親切もあるだろうが、朝比奈が裏で話を通したのではないかと踏んでいる。一度どちらにも追及してみたが、のらりくらりとかわされたので、以来一度も聞いてはいなかった。

どのみち甘やかされている社会人なのは確かだ。双葉は一人になったラボでこっそりと溜《た》め息をついた。


常磐に送られて自宅に戻ると、宅配ボックスに荷物が届いていた。

仲江《なかえ》という田舎町《いなかまち》で旅館を営《いとな》んでいる伯父《おじ》夫婦から、こうして定期的に野菜や米や手作りの総菜《そうざい》が届くのだ。

「うーん、また大量に……」

根菜類《こんさいるい》はともかく、キャベツが三玉というのは少しばかり持てあましてしまう。これはお裾《すそ》分けだと頷き、双葉はまずは伯父と伯母《おば》にお礼の電話をし、近況報告なども交《まじ》えて話した後、布施にメールを打った。

「帰りがけにでも取りに来てください、っと」

自分から持っていかないのは、布施たちが隣の部屋に住んでいるからだ。数年前に双葉のボディガードが必要になったとき、ちょうど空《あ》いた隣に仮住まいしながら護衛をすることになり、安全な状態になってからもずっと住み続けているのだ。ちなみに上の階には朝比奈がおり、彼はこのビルのオーナーでもあった。

メールを送信して一息ついていると、着信を知らせる音が鳴った。

名前を見て、ドキッとした。それは日本で二番目に多い名字だが、双葉の電話帳に登録してあるその人物の本名ではないし、アドレスは定期的に変わる。それでも変更を予告されるたび、律儀《りちぎ》に登録し直してきた。

緊張しながら本文を開くと、そう長くはない文が綴《つづ》られていた。

挨拶《あいさつ》と、双葉の近況を知っているような言葉と、「来月帰るよ」という文字。

「帰って来るんだ……」

メールの相手は、双葉の実父だった。ただし戸籍上はなんの関わりもなく、双葉自身も二十歳近くになって初めてその存在を知った相手だ。

彼が日本を離れ、もう二年はたっている。ほとぼりが冷めたら戻ってくるだろうというのが朝比奈の見解だったから、おそらくその時期になったということだろう。

双葉の背景——特に出生は少しばかり複雑だ。未婚の母と二人で生きて来て、彼女の死後は親戚《しんせき》の家で世話になった。伯父や伯母、従兄弟《いとこ》たちにはよくしてもらったし、父親なんて最初からいなかったから必要ないものだとずっと思って、不満なんて感じたこともなかったのだが、進学で上京して状況は一変した。

朝比奈との出会いでまず大きく変わっていたのに、あれよあれよというちに実父まで判明したのだ。

問題はその父親だった。互いに親子だと認識しつつも、向こうは双葉を息子だとは絶対に口にせず、双葉も父親だと言ったことはない。感情の問題ではなく、父親の立場や仕事が親子の名乗りを阻《はば》んでいるのだ。

だから双葉の心中は複雑だ。嬉しいような、そうでないような、会いたいような、会いたくないような。

もっと普通の立場の人だったらよかった。社会的な地位なんて高くなくても、金などなくても、親子の名乗りを上げるのに障害のない人ならば。

父親だとわかる前から好意は抱いていたし、むしろ事実を知る前は、こんな人が父親だったら、という思いを抱いたこともあったのだ。穏《おだ》やかで品がよくて、双葉に対して親切で優しくて、どこから見ても立派な紳士だった
それは嘘《うそ》じゃない。そういった部分も真実でありながら、同時に犯罪行為を淡々と指示できる部分が問題なのだ。

高嶺綱基《たかみねつなき》という人物は父親に与党の大物代議士を持ち、自らは実業家と福祉活動家という顔を持っている。だがその裏で反社会的な組織へ資金を流し、その資金を得るためには手段は問わず、違法なものを扱うこともあれば人が死ぬこともあるという。

親子の名乗りを上げないのはそのためだ。高嶺は双葉を巻き込みたくないと考える一方で、裏の世界から足を洗う気もないからだ。

「いまさら難しいんだろうけどさ……」

双葉が思う以上に難しい立場であることは薄々わかっている。簡単に手を引けるようなものでもないのだろう。それでも、息子のためにそれをしてくれない事実に、多少なりとも寂しさを覚えているのは確かだった。

溜め息をついて、もう一度画面を見た。文章のなかに固有名詞はない。自分の名前——偽名すらも入っておらず、もちろん双葉の名前もない。そんなメールの最後には、付け足すように「大家さんに

よろしく」という一文があった。

「うーん……」

一体これはなんの意味があるのだろうか。大家というのが朝比奈のことなのは間違いないし、彼らは面識がある。というより仕事上では敵対関係にあると言ってもいい。高嶺が絡《から》んだ犯罪をＪＳＩＡは何度も調査しており、その中心になるのは大抵朝比奈なのだ。かといって互いに憎しみや恨《うら》みがあるわけではない。あくまで仕事だから、と割り切っているばかりか、高嶺のほうは朝比奈を大いに気に入り、目をかけてさえいるようだ。

一つ間違えば犯罪者、と朝比奈を評したのは誰だったたか。実際のところ朝比奈には犯罪を憎むとか被害者のために行動するといった意識が薄いように思える。事件を解決したり阻止したり、人を救ったりするのはあくまで仕事だからで、常に淡々と片付けていた。

本質的には似ている二人だという意見には、なかなか反論しづらいものがあった。

その高嶺は、双葉と朝比奈の関係を知っている。その上で、このメールなのだろう。

「後で聞いてみよう……」

とりあえず夕食の支度《したく》だ。届いたばかりの野菜を使って具だくさんの味噌汁《みそしる》と副菜を作った後は、上の部屋で身体《からだ》を動かすことにした。朝比奈の自宅の一室には、何種類ものトレーニングマシンが置いてあるのだ。

双葉は朝比奈が作った隠し階段から直接上の部屋に行き、音楽を聴きながら軽いランニングをした。

家主が帰ってきたのは、三十分ほどたった頃だった。

「あ、おかえり」

「ああ……なにかあったのか？」

顔を見るなり、朝比奈は双葉の様子がいつもと違うことに気付いたらしい。相変わらずの勘のよさと言うべきか、双葉がわかりやすいと言うべきか。

苦笑しながら、双葉はマシンから下りた。

「さっき高嶺さんからメールがあってさ」

「帰国するのか？」

「なんでわかんの」

汗を拭く手を止め、双葉は目を丸くした。

「そろそろかと思っていたのでね。高嶺の『疎開《そかい》』は、だいたい二、三年だからな」

「そっか……うん、それでね、なんかメールの最後に朝比奈によろしく、ってあったから、なんだろうって思って」

悔しいが高嶺のことは、双葉よりも朝比奈のほうがよく理解しているのだ。考え方が似ているせいかもしれない。

実際、朝比奈はいとも簡単に答えを口にした。

「メールの内容をわたしに話していい、という意味だよ。そうしないと、君はわたしに言うかどうか悩みそうだからね。あの男なりの気遣《きづか》いだ」

「あ……」

「相変わらず甘いことだ」

呆れたような口振りだが、こういうことを言われるたびに双葉のなかではモヤモヤしたものが騒ぎ出すのだ。嬉しいのに、素直に喜べない。そしてそんな自分の欲深さが恥ずかしくなる。

「えっと、とりあえずご飯食べよう」

「先にシャワーだね」

「そうする」

「一緒に浴びようか」

外から帰って来たばかりの朝比奈もシャワーでさっぱりしたいようだ。だからといって一緒である必要はない。バスルームはそれぞれの部屋にあるからだ。

「え、結構です」

「遠慮しなくていい」

「してないし！　っていうか、ほんとにダメ、無理！　これから布施さんが野菜取りに来るし！」

「後で持っていってやればいいことだと思うが？」

音がするほど首を横に振ると、仕方ないと諦めたのか最初からその気はなかったのか、あっさり許されて双葉は自分の部屋のバスルームに駆け込んだ。

急いで汗を流した後、無事に切り抜けたことを安堵《あんど》しながら食事の用意をした。

先ほど作ったものに、伯母が送ってくれた煮物、冷凍してあった鶏肉の味噌漬けを焼いてテーブルに並べる。

朝比奈は着替えて双葉の部屋に下りてきた。

食べながら出た話題は、自然と高嶺のことになった。

「具体的にいつ帰って来るとか、そっちでなにかつかんでないの？」

「さぁ。情報収集は常にしているだろうが、なにごともなければ教えられることもないね」

「そういうもんなんだ」

「一応あの男は実業家だ。依頼でもない限り、一介のエージェントが関わるような相手じゃない。業種違いの民間人同士だからね」

「ものすごい違和感……」

間違っていないはずなのに、どちらも「民間人」という言葉が空々しく聞こえるのはなぜだろうか。

双葉は少し遠い目をしたくなった。

そうして食事を終えた頃、まるで見計らっていたかのようにインターホンが鳴った。

「ちわーっす。野菜もらいに来ましたー」

ドアを開けに行った朝比奈と一緒に現れたのは布施と穂村のコンビだ。野菜を取りに来ただけなのに揃《そろ》っているのは、布施が穂村の手をしっかりとつかんでいるからだった。そのせいか穂村はムスッとしている。

「えっと、キャベツとかいろいろ」

「サンキュー。美味《うま》いんだよね、仲江から送られてくる野菜って」

「ありがと。伯父さんたちに言っとく」

言いながら双葉はつい笑いそうになってしまう。

布施がレジ袋に入れた野菜を左手に、そして穂村の手を右手でつかんで立っている姿は、買いもの帰りのカップルそのものだ。穂村は何度か手を振りほどこうとしているが力では布施のほうがずっと強いし、強硬手段に出るほどのことではないので現状を打破出来ないらしい。

「ところで、高嶺が近々帰国するようだよ」

「マジっすか。まぁ、そろそろですよね。また高嶺関係で忙しくなりそうだなぁ」

「おい」

「いてっ」

穂村が布施の臑《すね》を蹴《け》った。なかなかの強さだったらしく、布施は痛そうな声を上げていた。そのわりに大したダメージはなさそうだが。

「なんだよ、遥佳」

「余計なことを言うな」

「いまさらじゃん」

「大丈夫。あの人は、そういうものだって思ってるから」

どうやら気遣われているらしいと気付き、双葉は笑いながら軽く頷く。不満に思うところはあるが、すでに諦めてもいるのだ。

穂村にせっつかれて玄関まで行った布施は、靴《くつ》を履《は》いたところで「あ」と言って振り返った。

「そういや、遅れてきた新人くんがいよいよ明日から出社らしいっすね」

「ああ、らしいね」

「興味ないっすか」

「邪魔にならなければどうでもいいからね。使えるに越したことはない、という程度かな」

基本的に朝比奈は他人に興味がない男だ。是非はともかく、まだ見ぬ新人をもののように語っても不思議ではなかった。

「ちょっと癖《くせ》があるって噂《うわさ》っすよ。工藤とは別の意味で」

「今年の新人は、揃いも揃って注意書きが必要な人間ばかりだね」

双葉も含まれているのは仕方ない。なにしろ実父が高嶺なのだから。ほかにも同期には、朝比奈が言うところの注意書きが付く者が確かにいる。

話題になっている新人は、都合により二週間遅れの入社だ。ＪＳＩＡは毎年決まった時期に決まった人数を採《と》るわけではないので、時期を問わずどこからか社員がやってくることも多いが、それでも一応、春に入る者が一番多い。二週間遅れの彼も、双葉や工藤の同期になる。

「アメリカの大学で、犯罪心理を研究していたんだったね」

「みたいっすね。なんか、向こうの教授が捜査協力受けて、そのアシスタントしてたとかなんとか。こっちでも通用するといいんだけど、どうっすかね」

「プロファイラーというわけではないそうだが」

「あくまで俺らと同じエージェントらしいっすよ。銃の扱いも長《た》けてるそうで」

「それはそれは」

期待していないのがはっきりとわかる口振りだ。一方の布施は、新人がどんな人間か興味があるようだ。

「ただ遅れた理由ってのが、大学とかアパートメントの引き上げに手間取っているから、らしいんですよ。向こうの始末が終わらないなら、なにもわざわざ四月一日の入社を選ばなくてもいいじゃん、とは思いましたね」

「ま、仕事では有能なことを願うよ」

「ふーん。仕事取られる心配とかしないんすね」

「あくせく働いても仕方ないだろう」

「まぁそうか」

布施は室内を見て、このマンション全体を脳裏《のうり》に浮かべた末に苦笑した。家賃収入だけでも、相当なものだからだ。

それから間もなくして布施たちは隣の部屋に帰って行った。

「つまり僕の同期になるのか」

「そうなるね」

「ところでその人って日本人？」

「ああ」

「そっか。やっぱ調査部って圧倒的に外国人少ないよね。ハーフの人は、わりとちらほら見かけるけど」

もちろんそれには理由がある。単純に資格試験に通る者が少ないせいだ。日本で調査をする以上は日本語に不自由があってはならず、その言葉の壁が試験においては大きいようだ。海外での調査が必要な場合もあるが、その場合は現地の調査事務所に依頼をする形を取っている。様々な国に、JSIAと提携している会社があるのだ。

「僕は直接関係ないけど、有能だといいよね」

ついでに性格もいいのが望ましい。双葉はそれほど関わることはないだろうが、朝比奈たちとは同じ部署の同僚になるので、軋轢《あつれき》がないほうがいいに決まっている。

だが当の朝比奈は興味がなさそうに、コーヒーを入れ始めていた。


いつものように朝比奈の車で出社した双葉は、会社のすぐ近くで車から下り、JSIAのオフィスビルに入った。

朝比奈と一緒に駐車場へ行かなかったのは、この時間の駐車場が混んでいて入場に少し時間がかかることを知っているからだ。出勤時間が事実上決まっていない朝比奈はともかく、双葉は定時に入る必要があるので余裕を持って下りたのだった。

ビルの一階はクライアントなども入って来るため、まるでホテルのロビーのように椅子《いす》や観葉植物、あるいは絵画などで飾られており、受付係も容姿に優《すぐ》れて有能だ。一階には応接室がいくつかあり、クライアントが担当者と依頼内容について話しあう場となっている。

ＪＳＩＡでは依頼があると、基本的にはまず窓口となる社員がクライアントに会って話を聞く。その上で適切な調査員を選出し、必要に応じて調査員がクライアントから直接聞き取りをすることもある。場合によっては最初から調査員が当たることもあるようだ。

ロビーは出勤のピークを迎えてごった返している。双葉がセキュリティゲートに向かって歩いていると、急にぽんと肩を叩かれた。

「受付はあっちだよ。十八歳未満だと保護者の同意書がいるんだけど、ちゃんと用意してあるのかな？」

「……はい？」

なにを言われたのかはわからなかった。いや、わかるが認めたくなかったというのが正しい。

声をかけてきた男の顔は知らない。背は高めで、年は布施たちと同じくらいだろう。どこか神経質そうな学者タイプに思えるのは、かけているメガネのせいもありそうだ。そこそこ整った顔立ちだろうが、朝比奈や布施、なにより穂村を見慣れている双葉には特筆するほどのこともない、と思えてしまった。

この見知らぬ男は双葉をクライアントと間違え、しかも十八歳未満だと思ったらしい。最近は少なくなっていたのに、高校生以下に見られるとは屈辱《くつじょく》だった。

幸い、社員たちの列からは少し外れていたので通行の妨《さまた》げにはなっていない。あるいは来客が訪れる中央の受付寄りを歩いていたことも、間違えられた要因だったのかもしれない、とは思った。双葉は一応冷静だった。

「あの、僕はここの社員なんですけど」

言うと同時にIDカード――ようするに社員証を見せつける。表には顔写真とフルネーム、そして所属部署が記載されているのだ。

「君が……？　え？　何歳？」

「二十一です」

「はっ？」

この期《ご》に及んで驚くことはないだろうと思った。だからつい言葉が刺々《とげとげ》しくなってしまったのも仕方ないだろう。

「飛び級で大学は三年で卒業しました。信じられないほどバカっぽく見えますか」

「いや、そういうわけじゃなく……そうか。童顔だな」

ずいぶんとストレートにものを言う男だ。まじまじと双葉の顔を見る様子に遠慮というものは一切なかった。

「納得していただけたなら、もういいですか。遅刻すると困るので」

「ああ、悪かったね」

その場で離れるかと思ったのに、男は隣を歩いてくる。彼もＪＳＩＡ社員ということで間違いなさそうだった。

「あの、どちらの部署の方なんですか？」

「エージェントだよ。今日からね」

「あなたが……」

思わず呟《つぶや》くと、おや、という顔をされた。

「知ってるの？」

「話はちょっとだけ聞いてます。えっと、アメリカの大学で捜査協力をしていたとか……そういう話ですけど」

「そう、津島賢治《つしまけんじ》というんだ。よろしく」

「あ、はい」

ゲートをくぐって少し進んだところで握手を求められた。こういう挨拶には慣れていないので、一瞬間が空いてしまったが、我に返って手を握り返した。

クールそうな第一印象とは裏腹に、津島はずいぶんと感情が顔に出る男だった。双葉がアメリカでのことを聞いていると言った途端あからさまに気色《けしき》を浮かべていた。

それにしても双葉をクライアントと間違えるなんて、この男のプロファイル能力は当てになるのだろうか。ＪＳＩＡに依頼しようと思う者ならば、思いつめていたり深刻そうな顔をしていたりするものだが、双葉にはまったくそれらがなかったと断言出来る。

「双葉」

タイミングとしては良かったのか悪かったのか。思ったよりも早く車を停《と》めてきた朝比奈が追いついてきた。すでに手は離していたし、見られたとしてもただの挨拶だったので、双葉としては動揺する理由はなかった。なかったが、少し目が泳いでしまった。

朝比奈は近付いて来ると、さりげなく双葉と津島のあいだに入った。

「初めまして、だね。津島賢治くん」

さすがに朝比奈は顔写真までチェックずみだったらしい。言われた津島は面食らった様子で、探るような視線を返していた。

誰だこいつ、という副音声が聞こえそうな顔だ。

「え……ええ、確かに津島ですけど。あなたは？」

「朝比奈という。君と同じ特別調査員……エージェントだ」

「ああ……あなたが」

どうやら津島も朝比奈の噂は聞いていたようだ。なにをどこまでかは不明だが、朝比奈の評判が社外にも流れているので知っていても不思議ではなかった。

問題は津島の様子だった。

「噂は聞いてますよ。ＪＳＩＡのトップエージェント、って」

「トップかどうかはともかく、古参ではあるな。もっとも特別調査員自体の歴史は浅いから、大した年数ではないがね」

「そうですよね。でもほら、ＪＳＩＡは業界トップだし、そこで一番のエージェントって言ったら、特別調査員のなかでトップってことじゃないですか」

薄く笑いながらの言葉は相手を褒め称えているようでそうじゃなかった。そもそもＪＳＩＡという会社、あるいは特別調査員というもの自体を、津島は軽視している。そうとしか思えない口調と表情だった。

双葉のなかで不快感と反発心が生まれた。

「噂は噂だ。自分の目で確かめるといい」

「そうさせてもらいます。とにかく、よろしくお願いしますね。もしかしたら教えていただくこともあるかもしれませんので」

そのもの言いに双葉はぎょっとした。

不敵《ふてき》なほどの笑みを浮かべて握手を求める津島を、何人もの社員が怪訝《けげん》そうな顔で見ながら通り過ぎていった。


それから数日後、双葉はいつも通りに一日の仕事を終え、ラボの片付けを軽くしてから外へ出た。ドアはオートロックだが一応施錠《せじょう》されているかを確認する。

開発部のフロアから一階に下りたところで、ちょうど外から戻ってきた朝比奈と出くわした。

朝比奈に社内で会うことは珍しくない。ただしそれは彼が開発部に来ることが多いからで、待ちあわせてもいないのに廊下でバッタリ、というのは初めてのことだった。

「あ、お疲れ。まだ仕事だよね？」

「会議と報告がね」

「じゃ、お先」

今日も帰りはバラバラだ。最近の朝比奈は忙しく、帰りが一緒ということはほとんどなくなっている。誰もなにも言わないし、開発部である双葉には知る機会も少ないが、高嶺がいよいよ動き出したとみて間違いないだろう。帰国自体はまだのようだが、もともと彼は指示する立場なので、日本にいなくてもある程度の活動は可能なのだ。この数年間はその指示すらもほぼなく、まともな商売で稼《かせ》い

でいたようだ。

「確か今日はどこかへ行くんだったな」

「ああ、うん。ちょっと友達とご飯食べに」

「友達か」

鼻で笑われた気がして双葉はムッとする。いろいろ言いたいことはあるが、朝比奈の反応もある意味では仕方ないことなので反論はしないことにした。

「友達だと思ってるよ。むしろ僕の事情とかだいたい知ってて気が楽だし」

「確かにね」

高嶺が絡んだ双葉の事情は誰にでも話せるものではない。だからそのあたりのことを知っている友人はありがたいのだ。いろいろと含むところはあったが、とっくに水に流している。

「じゃ、また後で」

双葉は朝比奈と別れ、会社の玄関ロビーへと向かった。

クライアントなども頻繁《ひんぱん》に訪れることがあるロビー付近は、いつものように行き交《か》う人で賑《にぎ》やかだった。事務職などの退社時間なのでなおさらだ。その人の流れから少し外れた場所に待ちあわせ相手は立っていた。

「ごめん。ギリギリ」

「いや、別に遅れたわけじゃないし」

スーツ姿の青年は鈴本《すずもと》と言い、双葉と同じ今春の新入社員だ。かつては青木《あおき》という姓で、双葉とはアルバイト先が同じだった。

当時から彼はＪＳＩＡへの就職を希望しており、学生のうちに司法試験に合格すると、希望通り法務課に入った。弁護士や検事になる気はないらしい。

連れだって予約した店へ行き、席に落ち着いて注文をすませると、鈴本は感慨《かんがい》深げにふっと息をついた。

「西崎と二人で出かけられるとは思わなかった」

「え？」

「きっと朝比奈さんが横槍《よこやり》入れてくるだろうなって思ってたから」

「あー……まぁ皮肉っぽいこと、ちょっと言われたりはしたけどね。別に警戒はしてないんじゃないかなぁ」

「だといいけど……朝比奈さんに睨まれちゃうと厳しいからね。すでにワンペナだし」

「いや、別にあれは立場的に仕方なかったと思うし、そもそも僕のこと守るって意味もあったんだろうしさ」

かつて鈴本は高嶺の指示を受け、同じ店で働きながら双葉のことを報告していた。監視というよりは有事の際に手を打てるようにという意味合いが大きかったようだ。事実を知ったときは多少ショックもあったが、もう何年もたっているし、本人から謝罪を受けたので水に流した。

鈴本と高嶺の繋《つな》がりは、彼の父親が高嶺の部下というものだった。ただその後、彼の両親は離婚したので、現在は直接高嶺との関わりがなくなっているらしい。実態は知らないが表立ってはそうだ。そして母方の親類に有力な政治家がいるということで、コネもあってか無事に法務課に入社した。もちろんＪＳＩＡ側はそんな鈴本の背景も承知している。

特殊な背景と言えば双葉もそうだが、高嶺の実子であることは一部の人間しか知らない。会社では役付きと開発部および調査部の部長、そして当時関わった社員だけだ。当然秘匿《ひとく》事項だった。

「ところで、仕事慣れた？」

「まだまだ、かな。いまから連休明けがちょっと不安……」

「まさか五月病の心配？」

「可能性はあるだろ。西崎は馴染んでるよね」

「僕は二月から来てたからね。なんかその時期、急ぎの作業がいっぱいあって、問答無用で駆り出された」

「はは、やっぱり開発部はちょっと変わってるな。あれだろ、コミュ力高いから重宝《ちょうほう》されてるんじゃない？　開発部の人たちって、わりとこう……ね？」

「……確かに、調査員の人との打ち合わせによく駆り出される……」

勉強のため、と言われて頻繁に呼ばれる理由を双葉はたったいま理解した。緩衝材《かんしょうざい》あるいは通訳みたいなものだったらしい。

「そう言えば、工藤さんとは話す？」

「たまに。週二くらいで来る感じ。鈴本のとこにも？」

「昼休みにさんざん絡まれた。同期だから聞いてくれって、意味がわからない……」

鈴本は遠い目をして溜め息をついた。どうやら彼は工藤のタイプが苦手なようだ。工藤の評判はどこへ行ってもだいたい同じで、特別調査員を正義の味方かなにかと勘違いしている、というものだった。能力はそこそこ高いのに性格的に支障を来《きた》しているようだ。朝比奈などは「独善的」だと一刀両断していた。

工藤は今年二十六になるという。年上なので、同期だが敬称を付けて呼んでいる。双葉が鈴本に対して呼び捨てなのは本人がそう望んだためだ。

「自分の考えが認められなくて結構苛立《いらだ》ってるみたいだよ」

「そうみたいだね……」

双葉も愚痴《ぐち》をこぼされたことがあった。困っている人がいたら手をさしのべるのが当然だろう、と言っていた。だがＪＳＩＡは民間企業だ。営利団体なのだ。もらえる依頼料以上のことはしないものだった。

「警察に失望してこっち来たらしいけど、たぶんこっちはこっちであの人の理想とはかけ離れてるんだよ」

鈴本は溜め息をついた。

「だよね。依頼されて、お金もらって、初めて動くわけだし」

「工藤さんはやっぱり現実が見えてないんだ。警察は警察で思い通りにならないことも多かったんだろうけど。本当に弱者のための正義の味方したいんだったら、個人事務所でも作って、フリーでやればいいんだよ。実際フリーの人だっているんだし」

ただしそういう人たちだってボランティアではない。むしろＪＳＩＡなどの大きな会社と違って相手の足元を見たり、法外な調査料を吹っかけることもあるようだ。なぜなら調査料までは法的に決まってはいないからだ。

よほどしつこく絡まれたらしく、彼には珍しく溜め息が多い。とはいえ、じっくりと話すのは数年ぶりなので、話さないあいだにいろいろとあっただけかもしれないが。

「今年の新人は、注意書きが必要なやつばっかり、って言われたよ」

「朝比奈さんに？」

「うん」

「まぁ、確かにね」

鈴本は苦笑した。自分も含まれていることは自覚しているのだろう。

「朝比奈さんだって大概《たいがい》だとは思うけど。会社があの人を手放さないのって、野に放ったらヤバいって思われてるからだろ？」

「野に放つって……」

どこの野生動物だ、と思う。あるいは凶悪な犯罪者か。いずれにしても恋人としては苦笑いするしかなかった。

「一つ間違えると、危険な人だよ？」

「大丈夫だと思うんだけどなぁ」

そこまで危険な人間ではない、と双葉は信じている。確かに倫理観の重きがどこにあるのか不明な男だが、そもそも犯罪者側にまわる動機がない。高嶺は彼なりの信念があるのだろうが、朝比奈にはそういったものがないし、必要以上の金を欲しているわけではない。もちろん地位や名誉など欲しがってはいなかった。

「仕事にやりがい感じてるってわけじゃないけど、あれでもエージェントの仕事は好き……なんだと思うし」

「自分の力が発揮《はっき》出来ることが重要なんだろうね。だから心配してるんだよ、きっと。もっといい舞台があれば、そっちに行っちゃいそうで」

「んー、それはないんじゃないかなー……」

「西崎がいるから？」

「へ？」

素《す》っ頓狂《とんきょう》な声を上げたところでドリンクが届いた。

今日の店は駅ビルのなかにあるチェーンの洋食店で、価格も味もそこそこだ。朝比奈とは絶対に行かないような店だった。

双葉が戸惑っているうちに、ジンジャーエールとビールが運ばれてきて、立て続けにサラダとスープが届いた。

「えっと……」

「朝比奈さんは、西崎がいるのに犯罪者になる人じゃないだろ」

「……と思うけど……」

照れくさい思いをしながらも肯定すると、鈴本が笑った気配がした。俯いていたので目で見たわけではないのに、気配でわかってしまった。

二人でサラダを突《つつ》いていると、それぞれのメイン料理がやってきた。双葉はタンシチューで、鈴本はカツカレーだ。

「工藤さんもだけど、遅れてきた大型新人も問題児っぽいね。聞いてる？」

「あー、うんまぁ……」

「法務課にまで噂が届いてるよ」

「一週間もたってないのにね」

双葉は苦笑いしてシチューを口に運ぶ。

話に出た大型新人というのはもちろん津島のことだ。布施たちと同じくらいと思った通り、年齢は一つ下なだけだった。

彼はたちまちＪＳＩＡ内で有名になっていた。あまりよくない意味で。

「上から目線なんだって？　会ったことある？」

「二回だけ」

双葉は初対面のときの様子を簡潔に説明した。朝比奈との握手の後、津島は双葉と朝比奈の関係を知りたがったが、時間が迫《せま》っていたので双葉はその場で別れて開発部に行った。朝比奈がどう説明したのかが少し怖くて後で聞いたところ「表向きは保護者代理」とだけ答えたらしい。堂々と表向きなどと言うくらいだから隠す気はないのだ。隠したところでいずれわかることだから、そこは別にかまわなかった。

「朝比奈さんと火花散らしてたってのは、それか」

「いや散らしてないよ？　朝比奈は通常運転だったし」

ただ双葉としては思うところが多々あった。津島の態度からは「教えてもらうことなんてない」とでも言わんばかりの雰囲気が滲《にじ》み出ていたからだ。ＪＳＩＡのエースということは、特別調査員のなかでもトップということだ。それは津島も言っていたことで、紛れもない事実だ。なのに津島は自分と朝比奈は同格、ことによると自分のほうが上という態度に出たのだ。

「なんていうかさ、トップエージェント、括弧《かっこ》笑い……みたいなニュアンスだったんだ」

「ああ……」

「二回目に会ったときは、わりと普通だったんだけど……」

用事があって開発部に来たときは、初日の態度が嘘のように普通だった。いや、厳密に言えばやはり上から目線の発言もあったのだが、鼻につくほどではなかった。

双葉だけでなく開発部のほかの人も、噂ほどひどくはない、と口を揃えて言っている。プライドの高さや自分の能力や経歴を鼻にかけるところは随所に感じられるが、そのくらいは許容範囲ということらしい。

「へぇ……なんだろう。開発部は別なのかな」

「なんか、こっち系は苦手みたいなこと言ってたから、自分が出来ない分野の人間には、上から目線じゃないのかもね」

「ああ……」

「同じ調査員の人たちには、偉そうにしてるみたいだけど」

　これは布施からも、開発部の同僚からも聞いている。津島賢治という人間は、まだＪＳＩＡでの実績がゼロの段階から朝比奈に対して対抗意識を燃やしていたと。これも布施から聞き、朝比奈に確認を取ってあることだ。

「ライバル視してるんだっけ」

「らしいよ。よく突っかかってくるって言ってたし。朝比奈はあんな性格だから、なんとも思ってないみたいだけど」

「ま、相手にしてないんだろうね。あっちがどう思おうと、まったく同格じゃないもんな。うちの先輩とか上司も言ってたし」

「うん。一人で威勢よく空まわりしてる感じ……って、知りあいが言ってた」

　言ったのは穂村だった。無口な彼が吐き捨てるように言う隣で、布施は爆笑していた。彼らも鬱陶《うっとう》しいとは思っているようだが、さほど気にしてはいないらしい。年齢が近いせいか彼らが目立つせいか、朝比奈の次に突っかかられるのは彼らだと聞いている。

「もしかして、あの美人？」

「そう」

「やっぱり。うん、確かに同期の調査員は面倒くさいやつらばっかりだね」

鈴本の呟きに双葉は苦笑を返した。


普段、双葉は昼食持参で出勤している。

残りものや冷凍食品を弁当箱に詰めてきたり、朝比奈の車で来るときは途中で停めてもらってパンやおにぎりを買ったり、とにかく外へ食べに行くことは滅多にない。外へ出たとしても買ってきて、ラボのすぐ近くにある開発部社員用の談話室で食べるのだ。

だが今日は事情が違った。朝寝坊をしてしまい、半分眠ったような状態で車に乗って会社に着いたら、その車は布施のもので、穂村に苦笑されながら起こされた。当然弁当など作っていなかったし、途中で買うことも出来なかった。

JSIAにも社員食堂はある。双葉は一度だけ利用したことがあったが、やたらと見られて辟易《へきえき》して、二度と行っていなかった。高校生にしか見えない顔のせいもあるだろうし、朝比奈との関わりを知っている者が注目した、というせいもあったようだ。

「迎えに行くから一緒に食おうぜ」

朝方布施にそう言われてすんなり頷いてしまったのは、まだ少し寝ぼけていたせいだろう。それもこれも朝比奈のせいだった。

恋人になって三年以上たつのに、朝比奈が夜に求めてくる頻度はあまり落ちていない。さすがに最初の数カ月ほどではないが、ここ二年ほどはまったく変わっていなかった。

困ることもあるが、嬉しいとも思う。年も立場も違うのに双葉が朝比奈との恋愛に不安を抱かないのは、そういった愛情表現のおかげでもある。そう、あれでも溺愛なのだ。一応双葉は朝比奈が自分に向けるものを自覚していた。

昼になって布施と穂村が迎えに来て、そのまま社員食堂に向かうことになった。彼らは今日一日内勤で、昼前後は社外に出られないという。どんな事情があるのかと思えば、面会予定のクライアントが交通機関のトラブルで遅れるのだが、いつ来るかわからないので念のために社内にいて欲しいと言われたらしい。

「そういえば、トラブルで新幹線止まってたっけ」

「そう、それそれ」

あまり気は進まなかったが、付きあって食堂へ行くことにした。味自体は双葉の好みなので、片隅でおとなしく食べられるのであれば、週の半分くらいは通いたいと思っていたのだ。

食堂は定員百名だが、定員数に対しての適正面積よりもずっと広く作られていた。いざというときには所属エージェントが一堂に会してミーティングが出来るように、とのことらしい。

「なにがいい？　決めたら先に行って席取っといて」

「えっと、じゃあA定で」

「OK」

双葉は空いている席を探し、タイミングよく四人がけの席を確保した。ここのテーブルは長方形のテーブルを組み合わせて正方形を作り、洒落《しゃれ》たカフェふうに配置しているが、長机として連結すれば大規模のミーティング用になるそうだ。

ちなみにまだ一度もそんな事態にはなっていないという。過去に何度も高嶺絡みの事件は扱ったが、さすがにそこまでの規模ではなかったようだ。朝比奈曰《いわ》く、もし全員が一つの事件を追うような依頼が来るとしたら、それは国を揺るがすような大事件であり、クライアントも「国」になるだろうということだった。

窓際の席は日がさんさんと差し込んでいて気持ちがいい。しかも外からは見えないという特殊なガラスだ。

「お待たせー」

布施が両手にトレイを持って現れ、その後ろから穂村が続いた。布施も同じA定食だがライスの量が違っていた。穂村はパスタだ。似合いすぎると思った。

「直接クライアントに会うのって珍しいんだよね？」

「なんか今回は、見た目のチェックが入るらしくてさ」

「え、顔……？」

「仕事内容的にビジュアルが重要なんだと。あと、年ね」

「はぁ、なるほど」

芸能事務所にでも潜入しろというのだろうか。少し興味は湧《わ》いたがもちろん尋《たず》ねることはしない。布施たちもこれ以上話すことはないはずだ。

和《なご》やかに食事をしていると、ふいにざわりと空気が変わった。

双葉ですら気付いたのだから、当然布施たちも気付き、すぐに穂村が小さく舌打ちをした。

「あ……」

理由はすぐにわかった。食堂に津島が入って来たのだ。

「滅多に来ないってのに、運なかったな双葉ちゃん」

「あの人、相変わらず？」

「相変わらずらしいぜ。俺らはまだね、一緒に仕事したことないから社内で絡まれるくらいですんでるけど」

布施と穂村は基本的に二人で組んで仕事を受ける。一人で受けることもあるが、それは調査員が一人しかいらない調査のみで、二人以上の場合は組むことになっているようだ。これは会社側にそう申請しているからで、実績も踏まえて認められているという。

以前の彼らは危険な仕事を率先して受けていたが、最近はそういう話も聞かなくなった。年齢的に、なんて冗談めかしていたが、彼らのなかで以前とはいろいろなことが変わったのだと思っている。

「教育係がついてんだけど、かなりイライラしてるよ」

「誰？　僕が知ってる人？」

「原《はら》さん」

「ああ……」

見事に知っている人だった。彼は双葉が入社する前から知っていて、双葉が巻き込まれた事件でも調査員の一人として関わっていた。顔を思い浮かべ、双葉は心のなかで合掌《がっしょう》する。津島の初対面時の態度を考えると気の毒で仕方なかった。

「来た」

穂村が小さく呟いた。というよりは吐き捨てた。短い言葉のなかに「来るな」という意味が強く込められていた。

ちらりと見ると、津島がまっすぐこちらを見ながら近付いて来るところだった。

小さく「げっ」と声が出たことは、同席の二人には聞こえていたがなにも言われなかった。

「こんにちは、西崎くん」

津島は断りもなく空いている席に座った。確かにここは相席が当然の場所だが、一言くらいあってもよさそうなものだ。

「……こんにちは」

「それと、布施くんと穂村くんも」

「どうもー」

布施の笑顔はいかにも作りものくさいし、穂村に至っては視線もあわせずに黙々とパスタをフォークで巻いていた。それも仕方ないことだと双葉は思った。津島の態度からは、あからさまな見下しが感じられたからだ。

「本当に仲がいいんだね。いつも一緒だ。ずっとコンビ組んでるんだって？」

「まぁね」

「どうしてか理由を聞いても？」

「ガキの頃からずっとなんで、どうしてと言われてもな」

本当は複雑な事情があることを双葉は知っている。だがとても人に言えることではないから、あくまで「なんとなく」「腐れ縁で」「仲がいいから」ということにしているのだ。それで周囲も納得していた。

「へぇ、幼なじみってやつ？」

「そう」

「幼なじみと恋人になって仕事でもパートナー、って……ずいぶん世界が狭いね」

「確かに世界は狭いけど、これでも視野は広いんだぜ。広ーい視野でいろんなやつ見て、その上での判断なんで、ご心配なく」

布施は津島の嫌味も笑顔で流し、穂村は完全に無視していた。

「へぇ？」

「世界だけグローバルでも視野が狭かったら意味ねぇし」

「ふーん、そうかもね」

気のない返事を返す津島だが、双葉は内心ハラハラした。布施はにっこり笑いながら一般論を装って言っていたが、その言葉の意味するところに気付いてしまったからだ。

いまのは津島に対する皮肉だ。それ以外のなにものでもなかったのに、言われた津島は自分のことだと思わなかったらしい。

「君たちと同じチームになることはあるかな？」

「さぁ。志願してやるものじゃないからな」

「よく朝比奈さんたちとも動いていた、って聞いたけど？」

「わりと朝比奈さんが俺らを呼んでくれたりするんで。あの人って、やたらと指名の依頼が多いからさ」

ＪＳＩＡの場合、依頼遂行《すいこう》に多人数を必要とする際、調査員の選択には二つのパターンがある。一つは会社側が適正と思われる者を選出するパターン、もう一つは依頼を指名された調査員が希望を出すパターンだ。

「そのときも二人で？」

「一人の場合もあったよ。それがなにか？」

「いや、二人で一人前ってことなのかと思って」

「えー、だったら俺らとんだ給料泥棒じゃね？　半人前で一人分のギャラもらっちゃって」

布施は気にした様子もなく笑い飛ばした。彼にとって腹を立てるまでもない些細《ささい》な暴言なのかもしれないが、実際のところはわからない。穂村は相変わらず、まるで聞こえないかのような態度をとり続けている。

むしろ会話が聞こえている周囲が固唾《かたず》を呑《の》んで見守っていた。

「実際どうなんだい？」

「絶対ないです」

思わず双葉は口を挟《はさ》んでいた。関係のない双葉がしゃしゃり出るのはどうかと思ったが、さすがに黙っていられなかった。

「あの朝比奈が、優秀じゃない人を指名するわけないし。津島さんだってもし自分がメインの案件が来たら、有能な人にしか頼みたくないでしょ？」

「まぁ、そうかもね」

一応は納得の様子を見せたものの、態度自体は変わらなかった。なにが根拠かは不明だが、自分のほうが上という意識でいるらしい。

「そのうち手伝ってもらうことになるかもしれないけど、そのときはよろしく」

「身体が空いてたら、ぜひ」

笑顔を崩さない布施は大人だと思った。双葉にはきっと出来ないだろう。

最後のほうは詰め込むように食べものを口に入れていた。

せっかく誘ってもらったランチだったのに台無しにされた気分だった。


「からい……気がする」

煮込んだカレーを前に、双葉は顔をしかめた。

いつもの材料と分量で作ったはずなのに今日はいつもと味が違った。不思議なことに味が尖っているのだ。

「味に出るって本当なのかな」

あるいは集中できないあまりに実は分量を間違ったのかもしれない。いずれにしても今日の出来は今ひとつで、余計にテンションが下がった。

原因は一つだ。津島のあの言動に、双葉はひどく苛立っていた。

「君がピリピリすることはないだろ」

近くで双葉の手元を見守っていた……というよりただ見ていた穂村は、いつも通り淡々とした口調だった。知らない人が聞いたら突き放したような言い方に感じるだろうが、あいにくと双葉の耳にはそうは聞こえない。十分に気遣わしげだった。

「だって、あの態度！　なんだあれ。こっちじゃまだろくな実績ないくせに、自分が指名依頼受けるのは当然みたいな！　そんなの穂村さんたちだって、もう何回も受けてるし！」

「向こうでの実績とやらに、相当自信持ってるんだろ」

「それだって教授の手伝いじゃん。あの人に協力依頼が来たわけじゃないよね？　どっかの探偵ものみたいに、教授はお飾りで実は助手が……っていうなら別だけど、違うみたいだし」

「手伝ってるうちに、教授の成果は自分の成果……って思い込んだクチだろ。よくある話だ。なんたって『視野が狭い』からな」

ここへ来て穂村がようやくと笑った。

「そうだ、あの皮肉も全然通じてなかったよね」

「滑稽《こっけい》だったな」

「そうかも」

「笑いをこらえるのに必死だったし」

「マジで?」

まったくそんなふうには見えなかった。淡々と無表情で食事をしていると思っていたので、暴露された事実に驚いてしまった。

「だって笑えるだろ、あれは」

「いや腹立ったけど」

どうもツボが穂村とは違うようだった。あれは双葉にとって笑いどころではなかったし、周囲だって凍り付いていた。会話が聞こえないほど遠くにいた社員たちも、食べるのをやめてこちらをじっと見ていたくらいだった。

「あのとき、食堂寒かったよ」

「津島からどう思われようと俺たちの仕事や評価に影響はない。実績があるからな」

「それはそうなんだけど……」

「布施もおもしろがってただろ」

穂村はくすりと笑った。皮肉をたっぷり含んだ笑みは、美しいその顔に浮かぶととても迫力がある。人によっては怖いと感じることだろう。

「そういう顔もきれいだよねー……」

「ありがとう」

「でもあれって、おもしろがってたんだ？　相手にしてないな、とは思ってたけど……」

「双葉にもわかるようなことが、あの男にはわからないみたいだしね。神経が図太いだけじゃなくて、かなり鈍感だ。自己肯定が強いというか」

「ああ……」

「俺にとっては工藤よりはイラつかないよ」

「そうなんだ」

穂村にとっては工藤より津島のほうがマシらしい。あるいは津島の言動は笑うしかないところまでいったのかもしれないが。

「自分の価値観を押しつけられるほうが嫌なんだよ」

「でもそのへん、ちょっとは改善されてるんじゃなかったっけ？」

「改善はされてないと思うよ。葛藤《かっとう》中……と言うか、自分のなかで折り合いが付かなくて、いろいろ目をつぶってる状態」

「そっか」

「ん……確かに尖ってるな」

穂村は小皿にカレーを取り、舐《な》めるようにして味見をした。

ここ数年、たまにこうして二人でキッチンに立つことがある。だが穂村は料理を覚えたいと思っているわけではなく、なんとなく見ているのが好きというだけらしい。家でもよく布施を見ているようだった。

「チャツネとかあるのか？」

「えっと、そういうのは使ったことないや」

「持って来る」

そう言って穂村はいったん自宅に戻り、マンゴーチャツネというラベルの瓶《びん》を手に戻って来た。布施が使っているようだ。

「ありがと。使わせてもらうね」

自分では料理をしないのに、穂村は手順や材料などはしっかり頭に入ってるようだ。それでも自らキッチンに立つことはほとんどないという。

鍋《なべ》をじっと見つめていた穂村は、やがてとんでもないことを口走った。

「……朝比奈さんの分にだけ、死ぬほどスパイスを入れるのも楽しそうだな」

「穂村さん……」

「わりと本気で」

「僕が怒られるからやめて」

ここ数年の最大の変化と言えば、穂村の朝比奈に対する態度だ。以前は冷ややかに拒否したり食ってかかったり、ときには皮肉を返すくらいだったが、最近は冗談なのか本気なのかわからない仕返しを口にする。とりあえずまだ実行はしていないものの、いつかやりそうな気がしてならない。

朝比奈曰く、「慣れてきた」ということらしい。確かに布施にはよく手や足が出ているようなので、穂村なりに距離を詰めたのかもしれない。

ちなみに双葉は別格だった。弟カテゴリーなので、最初から対応も距離感も別次元だという。布施がそう言っていた。

「戻ってきたな」

「わわ、まだ味の調整終わってない……！」

味が決まらないまま、恋人たちが帰宅してしまう。双葉は慌てて瓶の蓋《ふた》を開け、ジャムのようなそれを鍋に投入した。

布施が来たら、味を見てもらおう。

小さく頷き、双葉はレードルで鍋の中身をかき混ぜた。


抱えていた依頼を一つ果たしたということで、朝比奈は定時——ないようなものだが——で帰れることになり、双葉を連れて久々の買いものと外食に出た。ここのところ面倒な案件にかかりきりで、外食どころか一緒に夕食を摂《と》る機会も減っていたのだ。

ＪＳＩＡのエージェントは勤務時間や曜日がはっきりとは決まっていない。依頼の内容によっては、休みなしで何日も続けて仕事に行くこともあるし、朝早かったり夜通しだったりとまちまちだ。

世間では大型連休のまっただ中だというのに、朝比奈は今日までずっと仕事だったのだ。その分、明日からしばらくは休みなのだが。

「僕の休みはもうすぐ終わりだよ……」

「半分以上が雨だったね」

そう、今日も昼過ぎから雨だった。梅雨《つゆ》のようにずっと降り続いているわけではないが、ここ数日は毎日曇りがちで、一日のうち何時間かは必ず雨が降っていた。

心なしか景色もグレーに見える。タクシーのサイドガラスの向こうでは、色とりどりの傘が見えているというのに。

「最近青空見てない気がする……」

連日の雨には溜め息も出ようというものだ。週間天気予報を見ると曇りのち雨だったりときどき雨だったりと、ずらりと傘マークが並んでいて、それだけで気分は落ちる。

「テンションが低いね。行き詰まっているのか？」

「あー、生体電流？　あれは行き詰まるのが当然だからいいんだけどさ。二カ月や三カ月でどうにかなるようなものじゃないし」

双葉よりもずっとキャリアのある人たちが、何年も研究してきたものなのだ。なぜか双葉もそこに組み込まれてしまったが、いまだに「なぜ」という思いは強い。

「新しい視点に期待しているそうだよ」

「専門外だって言ったのに……」

「それでもいいと思うほどには期待されているんだろうね」

「うう……」

過剰に期待されても困るだけだ。双葉は少しばかり機械いじりが好きなだけで、周囲の人たちが言うような特別な才能などない、と思っている。確かにアレンジは得意だ。特に小型化については自信もあるが。

「それで、気分が落ちてる理由は？」

「……せっかくの休みなのに、朝比奈と全然予定あわなかった……」

「なるほど」

くすりと笑う気配がしたが、双葉は窓の外を見たまま振り向かなかった。我ながら恥ずかしくて無理だった。

「あ、ホテルなんだ」

タクシーが横付けされたのはホテルのエントランスで、停車と同時にドアマンに恭《うやうや》しく迎えられた。朝比奈の運転で来るときは直接駐車場に入ってしまうのでこういった出迎えは受けないことが多いのだ。少しドキドキしてしまった。

ちらりと朝比奈を見ると、いつものように堂々とした態度だった。

「景色は楽しめないだろうが、食事の後で少し飲もうか」

「ちょっとなら付きあうよ」

アルコールには強くないので普段はほとんど飲まないが、朝比奈と外食するときはときどき飲むことがある。

さすがに連休中のホテルなので、人でごった返していた。もう八時近いのに、チェックインのためにフロント前には列が出来ていた。

「大盛況だ……」

「稼ぎどきだからね」

「こんな日になんでホテルなんだよ。混むじゃん」

「予約は取れたんだから問題ないだろう」

「それはそうなんだけどさ……」

双葉はロビーを見渡し、季節の花が美しく豪奢《ごうしゃ》に生けられていることに感心した。朝比奈とよく食事に来るホテルだが、いつ見てもこうやって花が飾られているのだ。高さも幅も一メートルをゆうに超える大きな作品は、こういった場所でなくては無理だろう。

今日はアヤメ――なのか花菖蒲《はなしょうぶ》なのか、かきつばたなのかは双葉には判断つかないが――を中心に、なにかの枝や蔓性《つるせい》の植物を使い、全体的に和風の仕上がりになっていた。

「興味があるのか？」

「あるっていうか、普通にきれいだと思って」

エレベーターに乗ろうとロビーを歩いていると、フロントでなにか用事を終えた男が振り返り、大きく目を瞠《みは》るのが見えた。

「あ……」

厳密に言うと、双葉と目があったわけではなかった。向こうが見ているのは朝比奈だった。津島賢治。いまＪＳＩＡで話題の人物が驚いたような顔をしていた。連れはなく、手にはなにか手紙のようなものを持っていた。

話題というのは、もちろん悪い意味でだ。あれからもいろいろとやらかしている彼は社内での評判がすこぶる悪い。先日、社員食堂で布施たちに暴言ともいえることを言ったのも、たちまち社内に広まった。何人も聞いていたので当然だし、仕事に関することではないので守秘義務もないとあって皆の口も軽かった。

布施と穂村は社内でも人気の高い二人なのだ。布施は人当たりがいいし、穂村は無口で無表情ながらさりげなく女性に親切だと評判だ。そしてどちらも見目麗《みめうるわ》しく、エージェントとしての能力が高く実績もある。対して津島は、一部の対象を除いてその態度は居丈高《いたけだか》、実績もまだないに等しいと来ている。津島はしきりにアメリカでの実績をひけらかしているようだが、ＪＳＩＡの社員にもプライドというものがあるので、自分たちの会社の実績を軽く見られたことで反発を招いていた。

穂村が言っていたように相当鈍感なのか、あるいは図太いのか、四面楚歌《しめんそか》のはずなのに当の本人は平然としていた。社員たちは反発はしていても、無視したりきつく当たったりするほど子供ではないので、実害がないせいかもしれなかった。

「偶然ですね」

そう言いながら彼は近付いてきた。視線はやはり朝比奈に向けられたままだ。

無視する理由もないので、双葉は軽く頭だけ下げておいた。たとえ津島の視界に入っていなかろうが、挨拶をしたという事実が大事なのだ。

「食事ですか？」

「ああ。そちらは宿泊かな」

「ええ。住むところを決めずに来たものですから。やはり自分の住むところは、この目で確かめて決めたいと思って」

朝比奈のマンションに空きがなくてよかったと、心底思った。空いていたとしても朝比奈が断りそうだが。

「なかなかね、気に入った景色や間取りがなくて」

「それはそれは」

「僕がちょっとうるさすぎるのかもしれないですね。少しは妥協しないと。いや、向こうで住んでたアパートメントが快適だったもので」

だったら日本に戻らず、ずっとアメリカにいればよかったのに……と、つい思ってしまった。朝比奈がいなかったら、口に出していたかもしれなかった。

だがここは朝比奈に任せようと思って黙っていた。

「どちらで食事を？」

「和食をね」

「ああ、いいですね。さすがにトップエージェント、普段の食事も豪勢なんだ」

「このホテルに滞在し続けている君も大概だと思うがね」

そうだ、津島の懐具合《ふところ》も相当に温かそうに思える。身に着けているものも高級ブランドのものばかりだし、乗っている車もドイツの高級車だ。大学で助手のようなことをしていたわりには金まわりがいいような気がした。

「あ、そうだ。朝比奈さんって御原《みはら》グループのお坊ちゃんだそうですね」

「昔の話だよ。両親はとっくの昔に離婚して、縁は切れている」

懐かしい名前を聞き、双葉は目を細めた。朝比奈と出会ったのは、その「御原」がきっかけだったのだ。あのときも、ここではないがホテルだった。

「仕事でもないのに他人の事情を探るのは感心しないな」

「自然と耳に入ってくるんですよ。あ、もちろん社内の噂とかじゃなくてね。僕もそれなりに成功している身内がいるもので」

「だろうね」

納得したように軽く顎《あご》を引いているが、朝比奈ならばすでに知っていた可能性がある。つまり津島もまた「お坊ちゃん」だということだ。

「そういえば帰国してからまだ和食を口にしてなかったな。ご一緒しても？」

あやうく双葉は「えーっ」と声を上げそうになった。

予約しているが、一つくらいならば席は増やせるかもしれない。だがデートの邪魔はされたくないし、なにより親しくもないのに同席したくはなかった。まして津島は常日頃から朝比奈に対して慇懃《いんぎん》無礼な態度を取り続けているのだ。一緒に食べたらせっかくの美味しい食事が台無しになることは必至だろう。

津島はベテランの原と組んで調査をしているのだが、なにかに付けて「僕が教えてもらった方法では……」だの「向こうでは……」だのと口にして、原の指示や助言にはいちいち異を唱えていると聞く。原がストレスを溜めているというのがもっぱらの噂だ。

「あいにくとデート中でね」

「たまにはいいじゃないですか。もう何年も付きあってるって聞いてますよ。あ、西崎くんにも朝比奈さんにも、そういった意味での興味はないので安心してください」

「仕事明けに同僚と食事をする趣味はないんだがね……まぁ、そこまで言うなら……一つ賭《かけ》をしようか。あのエレベーターから最初に出てくる人物の性別を当てる、というのはどうかな」

「は？」

「君が好きなほうを選ぶといい。単純な賭だ」

双葉はぎょっとして朝比奈を見た。

確率は単純に考えれば二分の一。ここが欧米だったなら高確率で女性が先に出てくるはずだが、レディファーストが根付いていない日本ならばどうなるかは不明だ。

思わずロビーを見まわした。

連休中ということもあり、観光客の姿も多かった。外国人も存外多く、アジア系もいるがヨーロッパや北アメリカあたりからの客のほうが目立っている。

割合として女性が多かった。ビジネスマンは見かけず、家族連れや女性同士の食事といったグループが多いようだ。

「いいんですか？　僕は女性を選びますけど」

「どちらでも」

「よほど自信があるか、諦めたか……どっちなんです？」

「読み取ってみるといい。得意だろう？」

朝比奈には珍しく挑発的な言葉を口にした。意外だが、彼がこの手のことを言うのはあまりないことだ。皮肉はよく言うが、挑発的なニュアンスは実はあまりないのだ。

少しは冷静に、あるいは鼻で笑って流すと思っていたのに、津島はあっさりと挑発に乗った。非常にわかりやすく雰囲気が変わり、笑っているのに目だけ怒っている。

やはり感情が顔に出るタイプだ。しかも沸点が低い。

「だったら僕は女性を選びます。確率の問題です。見たところ、女性の割合は七十パーセントといったところだ。外国人も多い。さすがに今日あたりはビジネスマンが会食しているということもないでしょうしね」

聞いてもいないのに根拠まで付け足していたが、理由は双葉が考えたことと同じだった。誰にでもわかることばかりだ。もちろん空気を読んで双葉は黙っていたが。

朝比奈は鷹揚《おうよう》に頷いた。

「なら、わたしの選択肢は男……ということで」

視線を向けた先で、四つあるエレベーターのうちの一つがランプを点滅させた。

すぐに到着し、扉が開き――。

飛び出してきた小さな影に、双葉はあっと思わず声を上げた。

五歳くらいの男の子だった。白いシャツに紺の半ズボンという服装で、手には大きなプレゼントを抱えている。

「あっ、そうか……」

後から続いた大人たちの姿を見て双葉は気付いた。

薄い水色のワンピースの若い母親は腕に三歳くらいの女の子を抱き、一緒に父親らしき男性、そして祖父母が二組――。

「子供の日のお祝い……？」

思わず振り返り、飾られた花を見る。そしてよく見れば、ロビーの片隅に小さな鯉のぼりや鎧甲《よろいかぶと》が設置されていた。外国人向けの演出でもあるのだろう。

双葉たちの横を男の子が通り過ぎ、続いて父親らしき人物がそれを追う。走るなと声をかけながら捕まえに行くようだ。

誕生日かもしれないが、今日という日を考えると節句を祝っての席という可能性が高いだろう。結婚披露宴の客の一部というのでもなさそうだ。

ふと見れば、津島は苦虫を嚙《か》みつぶしたような顔をしていた。

「強運ですね」

「運と、ほんの少しの情報だね」

「情報？」

「さっき個室の予約を入れようと電話をしたときに、八時以降のほうが静かに食事が出来ると勧められてね。事情を聞いたら、節句の祝いで近くの部屋に子供がいるから、と」

「な……そんなことを知ってて……卑怯《ひきょう》じゃないですか」

「調査でもないのに情報を共有する必要はないと思うがね。それに君はなにも聞かなかっただろう。だから言わなかった。それだけだよ」

それでも確率が大きく上がるわけではない。時間的にちょうどだったとはいえ、タイミングよく下りてくるとは限らないし、五歳の男の子だからといって真っ先に飛び出すとも限らないのだから。女性である確率のほうが変わらず高いはずだった。

その程度のことは津島にだってわかるだろう。確かに朝比奈は「強運」なのだ。

「聞いたら教えていたと?」

「もちろん」

「バカげてる。自分に不利になるような情報を、わざわざ?」

「その場合は、賭の対象……つまりエレベーターの乗客はもっと後の組になっていただろうからね。渡した情報は意味をなくしていたよ」

確かにさっきエレベーターが到着したのは、選択肢を選び終えてすぐだった。そのあたりの時間を見計らっての賭だったのだ。

津島は悔しそうな顔をしている。

「では、また休暇明けに」

朝比奈が双葉を連れて歩き出すが、その背中にかかる声はなかった。

宿泊客と乗り合わせたエレベーターのなかで、双葉は小声で問いかけた。

「いつも通り強気だったけどさ、本当に負けてたらどうするつもりだったわけ？」

「店まで一緒に行くだけだね。彼は同席したいとは言わなかっただろう」

「……そうだったかも」

思い返してみたら、ご一緒させてくださいとしか言っていなかった。津島としては同席を含む言葉だったのだろうが、朝比奈は負けたらそこを都合よく解釈するつもりでいたようだ。

「そういうのも上手《うま》いよね……」

「褒め言葉と受け取ろう」

「半分褒めてるよ。半分は呆れてるけど」

出会ったときからこういう男だった。何年たってもこういう部分は直らないし、直す必要もないのかもしれない。

それを承知で双葉はこの男を好きになったのだから。

「けど、ちょっとだけすっきりした」

「そうか」

「うん。わりとあの人には、イライラ溜まってたから」

双葉がこんなふうになるのは本当に珍しいことなのだ。双葉だけでなく、津島にはいろいろな人たちが鬱憤《うっぷん》を溜めているようだが。

「よし、お腹空いてきた。楽しみ」

切り替えの速さはこの数年で身に付けたものだ。そうでなかったら、双葉は日に何度も溜め息をつかなくてはならない。

すっきりとした気分で楽しめそうな食事に、さっきまで下がっていたテンションが一気に盛り返してきたのを感じた。

まばゆい刻《とき》

行方不明の未成年者の捜索は、もう何件目になるかもわからない。

今回の案件は、十八歳の女性を探して欲しいというものだった。両親の涙の訴えによれば誘拐《ゆうかい》や拉致《らち》監禁だそうだが、どう考えても家出の可能性が高いケースだ。もちろん家出した後で、事件に巻き込まれたということも考えられるが。

いなくなったのは昨日《きのう》の夕方と思われる。ずっと通っている華道教室から戻る時間になっても帰宅せず、両親は携帯電話での連絡を試《こころ》みるも繋《つな》がらなかった。華道教室に電話し、確かに帰ったことを確認した後、すぐに警察署へ捜索願を出したそうだ。

あまりの性急さに穂村《ほむら》は呆《あき》れたし、警察が動かないのも当然だと思った。小さな子供ならともかく、大学生と数時間連絡が取れないだけで誘拐だと騒がれても困るだけだろう。誰かが誘拐現場を見たわけでも、身代金の要求があったわけでもないのに。

だが両親は警察のその対応に不満を覚え、翌朝一番でＪＳＩＡ《ジェイエスアイエー》に依頼をした。大層な資産家らしく、金に糸目は付けない勢いだったそうだ。

今回、布施《ふせ》たちは親の聞き取り調査には参加していない。相手にいろいろと問題がありそうだったことから、ベテランで物腰が柔らかく、かついかにもエリートそうな人物が話を聞き出した。調査員が若かったり言葉使いが荒かったりするだけで文句を言われる危険があったからだ。本来ならば娘の部屋を調べさせてもらうところなのだが、それも親が拒否したために未調査だ。親曰《いわ》く、娘の部屋に異変はなく、手がかりになるようなものは持って来た……そうだ。

ただの家出ならいいが、本当に誘拐だとしたらＪＳＩＡ側に部屋を調べさせないなどありえない話だ。勝手に異変なしなどと判断されても困る。

とにかく穂村たちが受け取ったのは、娘の一週間の行動を表にしたものだった。判で押したように家と大学、そして華道をはじめとする教室や稽古《けいこ》場を行き来するだけの毎日に、穂村たちは唖然《あぜん》とした。友達と遊びに行ったり寄り道をしたりすることがなかったからだ。

「息詰まりそう……」

布施は顔をしかめてそう呟《つぶや》いていた。

とにかく穂村たちはクライアントの強い要望により、その日のうちに現地に出向くことになった。まずは聞き込み調査だ。同時に独自のネットワークに女性の特徴を流して情報を募《つの》る。過去に何度もそういった捜索をしているので、そのたびに増える顔見知りに声をかけておくのだ。繁華街を遊び場にしている者が多いため、ときとして有力な情報が寄せられることがある。

いま穂村がいるのは、行方不明女性の地元だ。地元と言っても都心から電車で三十分ほどの政令都市は大きく、自宅はここから電車で数駅先にある。

目の前にいるのは捜索対象と同じ二十歳の女性で、件《くだん》の華道教室に通っており、行方不明の女性と親しくしていたと聞いた。

彼女は穂村を前に、ぽかんと口を開けたまま顔をまじまじと見つめてきた。よくあることなので気にはしていない。作りもののような穂村の美貌《びぼう》に驚き、惚《ほう》ける者は珍しくもないからだ。

「突然すみません。僕はＪＳＩＡの特別調査員で、穂村と申します」

正気に戻るのを待って身分と名前を告げ、身分証を見せる。すると彼女はさらにまた驚いた。多くの人間にとって、特別調査員というのは噂《うわさ》でしか知らない存在だ。それが急に現れればこの反応も仕方なかった。

彼女は穂村の顔と身分証を交互に見て、大きな息を吐き出した。

「都市伝説だと思ってた……」

「ちゃんと存在してますよ」

この通り、と言いながら普段は絶対に見せない笑みを浮かべると、彼女はうろたえたように目を逸《そ》らし、頬《ほお》を赤らめた。

「特別調査員……って、エージェントっていうんだっけ？　みんなそんなに格好いいの？」

「人によります。ああ、身だしなみには気を遣《つか》ってますよ。人と接する仕事ですので」

「そっか……あ、それであたしに聞きたいことって……」

「はい。井野原加奈子《いのはらかなこ》さんについてです」

名前を出した途端、彼女は「やっぱり」と呟いて顔をしかめた。

「それ、もうさんざん聞かれたんだけど」

「はい。そう伺っています」

すでに両親は彼女の自宅へ押しかけ、娘はどこだと追及したらしい。昨夜のうちに、まるで誘拐犯の一味であるかのように。

「いきなり加奈子はどこだ、だよ？　なにか知らないか、じゃないんだもん。腹立つどこじゃないよ。あれ、人にもの聞く態度じゃないし」

彼女の憤慨《ふんがい》はもっともで、穂村は頭が痛くなりそうだった。娘が消えて冷静さを失っているにしても無茶苦茶な言動だ。

「それは確かにひどい……」

「話すことなんかないよ。なんか誘拐されただのなんだの言ってたけど、絶対それ家出だし。あんな両親じゃ逃げたくなるって」

その意見について穂村は肯定も否定もしなかった。個人的には大いに頷《うなず》きたいところだが、立場的にはそうもいかない。

苦笑まじりに穂村は言った。

「それでも一応、お話を聞かせていただけませんか？」

「連れ戻したって、きっとまた出てくと思うけど」

「ええ、そうかもしれません」

「そっとしといてあげなよ」

「でも無事だけでも確認しないと。自分の意思で家を出たにしても、どこかで事件に巻き込まれている可能性もあるわけですから。過去にもそういったケースがあったんです。風俗店で働かされていたり、一人でいるところを声かけられて仲間に引き入れられて、そこから抜け出せなくなったり、ひどいときには殺されて……」

「わ、わかった……！」

あえて最悪だったケースを並べていくと、彼女は目に見えて顔色を悪くした。見た目は少し派手だが善良で、加奈子本人に対するわだかまりはないようだ。

「でもほんとに、なにも知らないからね？」

「ありがとう」

惜しみなく笑顔を振りまき、近くのコーヒーショップに彼女を連れて行った。少し騒がしいが話をするのに支障があるほどではない。むしろ彼女としては、初対面の相手と話すのに余計な不安を抱かずにすむだろう。

布施はこの場にいなかった。近くの車内でこちらの話を録音しつつ聞いている。

コーヒーを二つ買うあいだ、彼女には席で待ってもらった。店内にいる客の視線がうるさいのは穂村にとっての日常であり、いまさら気にするほどのことではなかった。

運よくほかの席と離れたところをキープ出来たので、座ってすぐに話を切り出した。

「最後に会ったのはいつ？」

「会ったのはこの前の教室のときだけど、別に話とかはしなかった。会ったっていうか、目があっただけだし」

「加奈子さんと親しいって聞いたけど、違うみたいだね」

普段の何倍も表情筋を動かし、声も柔らかめに出す。調査のために必要ならば、好青年を演じるくらいは造作《ぞうさ》もなかった。

モデルは実は双葉《ふたば》だが、彼のようにくるくると表情を変えることなど出来ない。目指して必死に表情を作ると、結果として微笑《ほほえ》むくらいになっている、という感じなのだ。

もともと顔立ちがきれいで身体《からだ》もそう大きくない穂村は、女性相手に警戒心を抱かれにくい。さらに柔らかな表情と口調を作れば、大抵の女性はいろいろと話してくれた。男くさくないところがプラスに働くらしい。

「友達、なんだよね？」

「前は仲よくしてたけど……向こうの親が……」

「ああ、あのご両親、君にも文句付けたんだ？」

「そう！　確かにうちは父親いないし、母親はスナックやってるけどさ！　別に悪いことなんて一つもしてないし、ケーベツされる覚えはないよ……！」

「そうだよね。でもあの親御さんには、わからないみたいなんだ」

彼女に同調し、加奈子の親への批難を滲《にじ》ませる。穂村の気持ちに嘘《うそ》はなかった。無理に話をあわせなくても本心だった。

肯定をもらった彼女はますますボルテージを上げた。

「ほんと、最悪だった。教室に押しかけて、もっと生徒を選べとか水商売の子供なんてとか……あたしのこと追い出そうとして！」

件の親は華道教室側に彼女の除籍を迫《せま》ったという。もちろん教室側はそんなことで生徒を放り出すことはせず、娘のほうのクラスを替えることで対応したらしい。すでにこれも聞いていた話なので、彼女の主張に間違いはなかった。もちろん教室側ははっきりとそう言ったわけではなく、かなり遠まわしに事情を打ち明けてくれたのだが。

穂村はじっと彼女の顔を見つめ、静かに言葉を向けた。

「お母さん、女手一つで立派に育ててくれたのにね」

「うん……」

身を乗り出していた彼女が少し落ち着き、肩から力を抜くのがわかった。相手の言い分は最初にあらかた吐き出させてしまうのが穂村のやり方だ。その上で精神的に寄り添う形に持っていくと、重い口でも案外開くものだ。

「あんなさぁ、汚いものみたいに言われたくなかったよ。昔からいろいろ言われてたけど、あそこまでひどいのは初めてだったんだ。ねえ、さっき言ってたこと気になったんだけど……ほら、『君にも』って言ったじゃん。もしかしてあの親って、ほかでもやってる？」

「何人もね。だからあの子、友達がいなかった。学校でもずっと孤立してて、大学でも」

「……そっか……」

彼女は顔を歪《ゆが》め、後悔を滲《にじ》ませた。距離を置いたことを悔いているのだろう。

「もっと反抗すればよかったんだろうけどね」

「あの親じゃ無理だと思う。あれはキツいよ、人の話なんか全然聞かないもん。……そっか、もっと話聞いてあげればよかったな……」

「戻って来たら、聞いてあげればいいよ。見つけたら、加奈子さんに君が心配してたって伝えておくから」

「うん。ありがと」

「行き先に心当たりないかな。地名とか、思い出の場所とか、加奈子さんとの話になにか出たことがあれば教えて」

「うーん、話したかもしれないけどほとんど覚えてないなぁ。いろんなこと話してたし……」

「どこかへ遊びに行ったことはなかった？　買いものに行ったとか、映画を見に行ったとか」

呼び水になるように具体的な場所や行動を示しつつも、穂村の脳裏《のうり》には親から見せられた加奈子の行動表が浮かんでいた。あれではとても遊びに行けないだろう、と思っていた。

だが目の前で彼女は、はっと息を呑《の》んだ。

「そうだ。一緒にカラオケ行って、あの親がキレたんだった。それで、寄り道も出来ないくらい管理されちゃって……」

「なるほど」

「だってカラオケもゲーセンも行ったことないって言ってたんだよ。それとネカフェとかも……そういえば興味あるみたいで、いろいろ聞かれたことあった。泊まれるって知って、ものすごく食いついてきて、そのときは加奈ちゃん高校生だったから、まだ無理だよって……あ、もしかしてネカフェに泊まってるのかも」

「可能性は高いかもね」

「うん……きっと逃げ出したくなっちゃったんだよ。毎日いろいろな習いごとしてて、忙しそうだったし。あのときまだ高校生だったのに、ものすごく疲れた感じでさ。本当にやりたいのだけ残して辞《や》めちゃえば、って言ったんだけど、無理……って」

その話をしたときは、まだ加奈子の両親がどんな人たちか知らなかったそうだ。後日、カラオケに行った後の親の行動を知り、なにもかも諦《あきら》めたような顔で「無理」だと言った意味を理解したのだ。

「仲いい子の話とか、出たことは？」

「なかった。あ、でも好きな人がいるって話はしたかも。っていうか、初恋の相手がアイドルになったんだとか言って。たまにテレビ見て嬉《うれ》しくなってるんだって」

「アイドル？」

穂村は目を瞠《みは》る。ずいぶんと突拍子《とっぴょうし》もない単語が出てきたものだと思ったが、同時に彼の勘《かん》にも引っかかった。外で聞いている布施も同じだろう。

ここが勝負どころだった。

「うん。でも名前は忘れちゃった。あたし興味ないから、いろんなグループの子とか区別つかないんだよね」

「僕もだよ。そのアイドルって、どこで会ったか聞いた？」

「小学校のときの同級生なんだって。中学入ってすぐくらいに引っ越したとか……でも、仲よかったわけじゃなかったって言ってたよ。向こうはきっと覚えてない、って言ってたし」

「同級生ね……」

それならば特定するのは簡単だ。しかしながら、接触がないならば今回の家出と関係しているとは思えなかった。あるいは加奈子が会いに行くことは出来るかもしれないが、実際に会うのは難しいだろう。

「話のなかで個人の話題が出てきたのって、それくらい？」

「確かそう。あとはお祖父《じい》ちゃんとお祖母《ばあ》ちゃんくらいかなぁ。親の話は嫌がってたけど、そっちの話はたまにしてたよ。親抜きで泊まりに行けるのはお祖父ちゃんちだけって言ってたし。あ、修学旅行とかはさすがに行ってたみたいだけど」

「なるほど……」

穂村は小さく頷いた。

それからしばらく話をし、手がかりになりうる単語もいくつか出てきたが、やはり注目すべきはアイドルになった同級生に変わりなかった。現実味の薄い話だが、どうにも気になる。

名刺を渡し、なにか思い出したら連絡をくれと言って別れ、穂村は布施が待つ車に戻った。布施の車は店内が見える場所に停《と》められていたが、穂村が歩くのにあわせて移動したので店から十分離れたところで乗り込んだ。

「お疲れー」

「ああ……」

無意識にふぅ、と溜《た》め息が出た。顔の筋肉が攣《つ》りそう、というのは大げさだが、笑顔の大盤振る舞いには心底疲れた。

「いい子だったじゃん」

「そうだな」

「加奈子って子は、やっぱ家出かな」

「たぶん」

穂村も同意し、小さく息をついた。

ちなみに置き手紙のようなものはなく、持ち出した荷物もほぼない。そこが両親にとっては、事件に巻き込まれたと思う根拠になっているのだが、調べれば調べるほど家出だとしか思えなくなった。もちろんさっきの彼女にも言ったように、その後事件に巻き込まれる可能性はあるので、早急に保護するつもりではいるが。

「ヤバいことになってなきゃいいけど」

「いまのところ事件にはなってないな」

「目的がわかんねぇしな。いや、逃げたくなる気持ちはわかるけど……やっぱそれか？」

「可能性は一番高いな」

「だよな。ま、あの親なりに愛情注《そそ》いでるつもりなのかもしれねぇけどな」

「愛というよりエゴだろ。娘を所有物だと信じて疑わない」

井野原夫妻は一人娘を大切に大切に育ててきた。教育にも熱心で、幼い頃から複数の習いごとをさせ、家庭教師も小学生のときからずっとつけていたようだ。名門の幼稚園から小学校、そして中学からはお嬢様学校として知られる一貫教育のミッションスクールに通わせた。大学は付属の女子大で持ち上がりも多く、加奈子への危険物扱いのような空気はたちまち広まって高校のとき同様に浮いてしまっていたらしい。

「大学生にもなって、門限七時はないわな」

「それどころじゃない問題があるだろ」

加奈子のクラスメイトや習いごと先の生徒や講師に話を聞いた限り、親から付きあいについて横槍《よこやり》を入れられた者は一人や二人ではなかった。小学校の頃はまだ静かなものだったが、中学校に入った頃から、「あの子は服装が派手」だの「髪を染めている」だのという理由で同級生を篩《ふるい》にかけ、さっきの彼女のように親の職業に難癖を付けることもあったようだ。

それ以外でも、保護者会などで自分たちの価値観を押しつけ、ほかの保護者を見下す態度を取るものだから評判はすこぶる悪かった。

本人へのいじめに発展しなかったのは幸いだった。孤立はしていたが無視されていたわけでもなく、授業などで必要なときは声もかけられていたようだし、班分けで一人になるようなこともなかったという。ようするに本人は嫌われていなかったが、親が問題で深く関わりたくはなく、結果腫《は》れものに触るような扱いになっていたのだ。

「溜め込んで溜め込んで、どーんと爆発か。どうせなら親に言いたいこと言うほうに爆発すればよかったのにな」

「親を刺すほうにいかないだけよかっただろ」

「まぁ……わりとある話だよな」

全国ニュースになるだけでも、子供による親や祖父母への傷害あるいは殺人は年に複数件ある。原因は厳しすぎる躾《しつけ》、あるいはそう称して行われ続けた虐待が含まれ、今回のケースも形は違うが十分に事件に発展する可能性はあったはずだ。

「衝動的だと思うか?」

「案外待っていたのかもしれない」

「待ってた?」

「十八になって高校を卒業すれば、ネットカフェに泊まれるからな。家出した後のことをどこまで考えてるか知らないが、とりあえず泊まる場所は確保出来る」

祖父母のところにも連絡はないと聞いた。親の元が窮屈《きゅうくつ》で仕方ないならば助けを求めればいいのに、加奈子はそれをしなかった。

「うーん……お、これだな。初恋の君。年と出身校ですぐわかった」

話しながらタブレットを弄《いじ》っていた布施は、それを穂村に見せた。

写真には茶髪の少年――とも青年ともつかない人物が写っている。名前を見てもピンと来なかったし、グループ名である〈Ｃｈｅｅｋｙ－ＰＯＰ〉というのも穂村は知らなかった。いくつもあるグループの、何人もいるアイドルタレントなど、興味のない穂村にはまったく区別がつかないのだ。明るく染めた髪に、甘い顔立ち。弾《はじ》けるような笑顔は、なるほどキラキラとまばゆい世界の住人、という感じがした。

「初めて見たな」

「グループ名くらいは聞いたことあったけど、俺も個別認識はしてねぇな」

「イメージが違った」

「ん？」

「井野原加奈子のような子の初恋だから、相手はもっとこう……爽《さわ》やかなスポーツマンタイプか真面《まじ》目《め》な感じじかと」

「ああ……まぁ、見た目チャラいけど、実際そうとは限らねぇしな」

「確かに」

今日の彼女だって明るい茶色にした長い髪を巻いていたし、メイクもつけまつげやアイラインで目元をこれでもかと強調したいまどきの子だ。話してみれば普通の子で、それは穂村たちがこれまで接してきた多くの子に共通していることだった。

「遥佳《はるか》ちゃん、耳寄り情報ですよ」

「……なに？」

「昨日から、ベイアリーナで〈Ｃｈｅｅｋｙ－ＰＯＰ〉がコンサートをやってる。三日間」

「まさか、それが理由とは言わないだろうな……」

加奈子がいなくなったのは昨日だ。このタイミングが偶然とはとても思えなかったが、別の理由であってくれ、という気持ちも強い。

布施はからからと笑っていた。

「いやいや、案外そんなもんかもよ？」

「バカバカしい」

「そう言うなよ。親のいいなりだったお嬢さんの一世一代の反抗と冒険かもしれないんだぜ」

「……」

「ま、目的がコンサートなら心配いらねぇよな。当てもなく繁華街さまよってたり、いかにも家出って感じの空気出すこともないだろうし、宿泊先もネカフェに絞ってよさそうだし」

布施はよしよし、と言いながら車を出し、まずは最寄《もよ》りの駅へと向かった。念のために防犯カメラの映像を見せてもらうのだ。ここはＪＳＩＡに与えられた権利の一つをフルに使う。

おおよその時間に当たりを付け、二人で手分けして確認をしたところ、加奈子が東京《とうきょう》方面の電車に乗っていた。

「誘拐はこれで完全になし、ということで」

まずは両親をおとなしくさせるため、この映像をコピーさせてもらって会社に送ることにした。担当者がすぐに連絡し、映像を見せて納得させてくれることだろう。普通はそこまでしないのだが、待ちきれない両親が妙な行動を取らないための処置だった。実はこれも、穂村たちの仕事に含まれていることなのだ。

「行き先は……やっぱベイアリーナ駅かな」

「人が多そうだな……」

「映像チェックと、会場前を探しまわるのと、どっちがいい？」

「……映像チェックで」

苦い顔で呟く穂村を見て、布施はふっと笑みをこぼした。

「疲れる案件だったなー……」

ＪＳＩＡビルの調査部員が詰める一室で、布施は苦笑いで背もたれに身体を預けながら天井を見つめた。

穂村は無言で同意した。体力的にではなく、精神的に妙に疲れてしまう一件だった。

昨日はあれからベイアリーナ駅へと車を走らせ、穂村は防犯カメラの映像を、布施はアリーナ前で加奈子を探したのだが、見つからないままコンサートの開始時間となってしまった。最初からコンサート前に見つけられるとは思っていなかったので、そこは問題なかった。コンサートのあいだも穂村はチェックを続け、一時間ほどで加奈子の姿を確認した。親が証言した通りの服装のまま――つまりは昨日と同じ服だった。

コンサート終了まで待って、出口付近で加奈子との接触に成功したのは九時少し前だ。威圧感を与えにくい穂村がふたたび表情筋を働かせながら声をかけると、加奈子は驚きに目を瞠ってその場で固まった。

身分と依頼内容を伝えると、驚きつつもどこか安堵《あんど》の表情を浮かべていた。

見える位置に待機していた布施と合流したものの、コンサート会場から離れるまでは周囲の視線がかなりうるさかった。会場から出てくるのはほとんどが女性で、それだけでも男は目立つというのに、布施は必要以上に大きいし顔もよく、穂村も女性のなかにあっては身長が飛び抜けている。そしてその造作は人形めいた美しさだ。

目立つことこの上なかった。スマートフォンであやうく撮影されそうになり、すんでのところで察知して逃げたが、タイプの違う美形の男二人とおとなしそうな一人の女の子がシリアスに話すという図式は、邪推《じゃすい》や誤解や妄想を招《まね》いたようだった。

きゃあきゃあと騒ぐ大勢の声がしばらく背中にぶつかってきていた。視線と声を振り切ったときは、自然と安堵の息が漏《も》れたほどだった。

さすがに男二人と一緒に車に乗せるわけにはいかず、近くにあったカフェでクライアントの迎えを待つことになった。

クライアント――それは加奈子の両親ではなく祖父だった。両親が退室した後、祖父はひそかに本当の依頼をしたのだ。加奈子を見つけたら、両親の元ではなく自分のところへ連れてきてくれと。加えてもう一つ、依頼を出した。両親の行動を過去に遡《さかのぼ》って調べ、報告してくれと。つまり穂村たちと同時に、別の者が両親を調べていたのだ。

祖父はこれまで加奈子の状況をよく知らなかったらしい。幼い頃から習いごとが多いのは知っていたが、教育熱心の範疇《はんちゅう》ですまされると思い口出しはしなかった。だが今回の件で両親の行動を知り、いろいろと不審《ふしん》を抱いたわけだった。

おそらく加奈子にとって悪い方向へは行かないだろう。

祖父を待つあいだ、コンサートが楽しかったと、夢のようだったとはにかみながら話していた加奈子が印象的だった。初恋の相手といっても、相手にその続きを求めているわけではないらしい。ただ嬉しいのだと言っていた。

結局のところ、加奈子は家出をするつもりはなかった。コンサートが終わったら、自発的に戻るつもりでいた。十八になって高校を卒業するのを待っていた、というのはまさにその通りで、衝動的に会場へ行ったわけではなかったのだ。チケットはインターネット上のコミュニティサイトで譲ってもらったという。携帯電話は親に監視されているので、大学でパソコンを使って入手したらしい。

「なんつーか……ほんとに小っちゃな冒険だったんだな……」

しみじみと布施が呟き、同意こそ示さなかったが穂村も妙な感慨を抱いていた。

周囲はさっきからずっと賑《にぎ》やかだ。室内にいるのは十名ほどで、ある者は報告書を作成し、ある者は調査のために電話をかけたりほかの部との話しあいをしていたりする。うち一人が白熱した論議を交わしているのでうるさいのだ。

布施と穂村は、つい先ほど報告書を書き終えて上司に渡したところだった。

調査部の部屋は専門分野によっていくつかに分かれていて、ここは主に凶悪事件を扱う者がいる。ただし「主に」であり、それ専門ではない。横領だろうが交通事故調査だろうが身辺調査だろうが、手が空《あ》いていればまわってくるし、指令があれば迷子の犬や猫の捜索だって引き受ける。それでもやはり得意分野というものはあるので、基本的には得意な案件がまわされてくるのだ。

いま現在は、なにも案件が来ていない状態だ。同時進行で複数の依頼を抱えることもあれば、ぽっかりと身体が空いてしまうこともある。そういうときは帰宅してもいいことになっていた。自宅待機という状態なので、呼び出されたらすぐに戻る必要はあるが。

「疲れたし、帰る？」

「そうだな。まぁ、コストパフォーマンスは最高だったけど」

穂村が皮肉っぽく呟くと、近くの席にいた同僚が苦笑いした。

「こらこら。調査をコスパで語るなよ」

「でも早く解決するに越したことないっすよね。日数少なければクライアントが払う金だって少なくてすむんだし」

「そりゃそうなんだが……」

ふいに部屋の空気が変わった気がして目を走らせると、朝比奈《あさひな》がどこからか戻って来ていた。相変わらずの存在感だ。周囲を威圧しているわけでもないのに、やけにプレッシャーを感じてしまう。

彼は穂村たちのところへ来ると、交互に顔を見て言った。

「スピード解決だったそうだね」

「おかげさまで」

「二人とも抱えてる案件は？」

「ありません」

「では、三十分後にAルームに」

たったそれだけ言って朝比奈はまた部屋を出ていった。どうやら自宅待機するまでもなく仕事が決まったらしい。

朝比奈がなにを担当しているのかは不明だ。三十分後にならなければわからないが、内容がなんであれ穂村たちが断ることはない。

「あれ、もしかしてこれ当分休みないパターン？」

ここまで八日連続で調査をしているのだ。朝比奈の案件が簡単に片付く可能性は低いので、布施の懸念《けねん》はきわめて現実的だった。

一年に何回か、こんな状況に陥《おちい》ることがある。ちなみに今年は三度目だ。

やれやれと溜め息をつき、後でまとめて休みを取ろうと考えていると、外から戻ってきた男が穂村たちを見つけて近寄ってきた。

目を輝かせ、犬のように寄ってきた男は工藤陽太《くどうようた》といい、今年の春に入った社員の一人だ。

今年の新人はなにかと曰く付きが多い。朝比奈の恋人で高嶺《たかみね》の実子である双葉に、実態のよくわからない経歴でなにかと不穏な空気を振りまく津島《つしま》に、高嶺との繋がりはもうないことになっているが実情は不明の鈴本《すずもと》、そして元警察官という肩書きを持ち独自の正義を追求する工藤。

工藤もまた調査部で浮いている存在だ。相変わらず彼の信じる正義とＪＳＩＡの活動をすりあわせようとしては失敗しており、ジレンマや矛盾を抱えたまま仕事を続けている。折り合いは付いていないようだが、いまは無理に目を瞑《つむ》り、都合のいい部分だけを意識しているようだった。

「すごいですね！　半日で解決したって……！」

「あー、たまたまな。運がよかったんだよ」

「いや、そこはやっぱり経験と実力だと思いますよ。俺のほうは、まださっぱりで」

工藤もまた家出少年の捜索を担当しているのだ。こちらは最初からほぼ家出で決定だった。書き置きがあり、いなくなってから電話が入って「探すな」と言ってきたからだ。

案件の内容については、協力や情報共有が有効だと思われるケースにおいては担当者以外にも言っても問題ないことになっている。もちろん調査部内での話であり、部外の者には制限がある。工藤の案件と加奈子の件は同じ未成年者の捜索なので、情報はある程度共有しあっていた。繁華街などを探すときに、捜索対象をすべて知っていたほうが効率がいいからだ。現に穂村たちも別担当者の捜索対象を見つけたことがあった。

「早く見つけてご両親を安心させてあげないと」

「そうだな」

工藤の鼻息は荒いが、彼が現在いるのはＪＳＩＡの社内だ。調査の進捗《しんちょく》はどうなのか。尋《たず》ねる気は

なかったが、少しだけ気になった。

「こういうケースって、警察はなかなか動いてくれないんですよね。ほんとに家族はつらい思いしてるのに……」

「警察だって全部は無理だろ。緊急性の高いものとか事件性のありそうなものはさすがに動くわけだしな。子供とか」

「でも、布施さんたちの件も俺の件も、警察だったら絶対に動きませんでしたよ。その点ＪＳＩＡなら確実に動きますし、実際その日のうちに見つけて……！　本当にすごいです！」

「あー、それは遥佳のおかげ。この人、聞き込みのとき別人だからな。優しそうで誠実そうなお兄さんになっちゃうんだよ。想像出来ねぇだろ」

　くすくすと笑う布施の言葉に、工藤はかなり懐疑的だった。それは仕方ないことだ。普段の無口無表情ぶりを見ていたら、にわかには信じられないはずだ。

「布施さんは聞き込み得意じゃないんですか？　人当たりすごくいいじゃないですか」

「相手によるんだよ。同じ年くらいから下の男は俺だとダメだし、若い女の子もタイプによっては俺みたいのは身がまえるし」

　ようするに若い男は布施に対して反発しやすい、ということだった。朝比奈ほど突き抜けてしまえば威圧も効果的なのだろうが、布施はそこまでではないからだ。一部の女性に通用しないのは、身体の大きさと男くさい雰囲気のせいだろう。

「そうなんですか……」

「で、おまえはなにしてんだ？」

「部長が、もう一人出すって言ってくださって、それであの、ぜひ布施さんにと思いまして」

期待に満ちた工藤を前に、布施は一応申し訳なさそうな顔をした。

「悪い。ほかから来てて」

「あ……そ、そうですか……もしかして朝比奈さんですか？」

「そうそう」

「俺もいつか朝比奈さんの案件に呼ばれるようになりたいです」

「おー、頑張れ」

心がこもってないなと穂村は思うが、言われた工藤は単純に喜んでいた。人の機微だとか言葉の裏だとかを読むのが致命的に苦手なようだ。津島とはタイプが違うというのに、こんなところは似ている。

「ってことで、ほか当たってくれ。あ、津島なんてどうだ？　同期のよしみで」

新人同士を組ませるのはどうかと思ったが、内容が家出人捜索ならば大丈夫かもしれない。ただし二人はとても気があわなそうではあった。

現に工藤は嫌そうな顔をした。

「誰か先輩に当たってみます」

「悪いな。じゃ、そろそろ行くわ」

「あ、はい。引き留めてすみませんでした」

工藤はきっちりと頭を下げて引き下がっていった。こればかりは先に予定が入ってしまったのだから仕方ない。

穂村は布施に続いてカンファレンスルームに向かうが、背中には強い視線を感じていた。

工藤だ。その意味は理解しているつもりだった。別に工藤が穂村を好きだとか興味があるとかいうわけではない。むしろ逆に近い感情じゃないかと思っている。

指定されたAルームにはまだ誰もいなかった。時間より十五分も早いのだから当然だろう。あのまま工藤につかまっているよりはと考えての移動だったのだ。

「妙に懐《なつ》かれちまったなぁ……」

やれやれと溜め息をつき、布施は椅子《いす》の背もたれに体重を預けた。

「おまえに憧れてるみたいだな」

「過大評価も甚《はなは》だしいっての。あいつの頭のなかじゃ、遥佳と一緒の仕事も俺がほとんどやってる的に思ってそう」

「俺はお荷物って信じてるんだろうな」

「あれか、ゲームで言うとこの姫プレイってやつ」

言葉の端々、そして視線から考えると、工藤にまで下に見られているのがわかってしまう。JSIAも舐《な》められたものだ。本当にそうなら穂村はとっくに首になるか、調査部ではないところへ飛ばされていただろう。

「ないわー。ちゃんと説明したじゃん俺」

「恋人を庇《かば》ってる、とでも思ってるんだろ」

「その時点でエージェントとしてダメなやつだろ」

「確かに」

くすりと穂村が笑っていると、ノックが聞こえてすぐさまドアが開いた。入って来たのは原《はら》で、どっかりと椅子に座るなり頭をぐしゃぐしゃとかき乱した。

「なんとかしてくれ、あいつ」

「工藤っすか？」

原にげんなりとした顔をさせる相手など限られているし、朝比奈に関してはいまさらでもう嘆《なげ》くことはないだろう。冗談まじりにならばするだろうが、いまの原は本気で言っていた。

「なんでああ人の話を聞かないんだよ」

「またなにかあったんすか」

「さっきのおまえらの話だよ。穂村は一人でもかなりやれるって言っても、聞く耳持ちゃしねぇ。なんなんだ、あれは」

「ああ……」

原の声はかなり苛立《いらだ》っていて、机を叩《たた》く指先も忙《せわ》しない。身内意識のようなものなのか、原は穂村に肩入れし、自分のことのように憤《いきどお》っていた。

ときどき悪のりすることはあるが、いい先輩なのだ。

「俺のことなら放置してかまいません。仕事には関係ないですし」

「同僚の力量くらい把握《はあく》しといて欲しいんだよ」

「工藤と組まなければいいことでしょう。現状で、あいつと俺を組ませるとは思えないし、指名案件を持つような人が、俺とあいつを同時に使うとは思えない」

「それはそうなんだが……」

「原さんがストレス溜めることはないですよ」

つっけんどんに言った穂村に、原は目を丸くした。言い方はともかく、内容に少し驚いたようだった。すぐに表情がにやにやしたものに変わった。

「いいねぇ。なんだっけそういうの、ツンデレ？　とか言うんだっけか」

「原さん、やに下がってますけどもー」

「穂村ほどの美人に言われると、やっぱ嬉しいわけよ」

「そりゃわかりますけどね。あんまりそういうことばっか言ってると、奥さんに言いつけますよ」

恋人として思うところがあるらしい布施だが、原については少しも心配していないはずだ。無闇に嫉妬《しっと》するような男ではないのだ。

そのうちに朝比奈が来て、緩かった空気は引き締まった。

四人体制で進めた依頼が片付いたのは、それから四日後のことだった。


短い休みを挟《はさ》みつつも、次から次へと依頼は入って来る。

先日、朝比奈の手伝いを終えて二日間の休暇をもらった穂村たちは、休み明けの朝一番でまた新しい仕事をもらった。

「詐欺《さぎ》ですか……」

依頼内容は、特殊詐欺グループの一員になってしまった孫を、逮捕されてしまう前に保護し、グループから抜けさせてくれ、というものだった。孫はまだ未成年らしい。

「これって詐欺グループは無視していい、ってことっすか？」

布施が問えば上司は鷹揚《おうよう》に頷いた。

「そうだ。こちらが依頼を完遂した後に、資料を警察に渡す」

「……なるほど」

ここがＪＳＩＡと警察との大きな違いだ。依頼されていないことでも、成り行きで解決してしまうこともあるが、今回は違う。同じ罪を犯しているのに、ある者は保護しある者は逮捕する、というわけにはいかない。だから時期をずらし、警察に逮捕させるというのだ。

（工藤が知ったら大騒ぎしそうな話だな……）

彼の正義においては孫も当然逮捕されるべきだし、グループの実態をつかんでおきながらその場で逮捕しないなど言語道断だろう。

だが穂村にもまた不向きな仕事だった。

「人選ミスだと思いますが」

「うん？」

「布施はともかく、俺は説得には向かない人間ですよ」

「問題ない。クライアントからは強硬手段も問わない……と言われている」

「つまり意識を奪ってでも連れてこい、ってことですか」

それはまたずいぶんと切羽詰まった依頼だな、と思いながらクライアントのプロフィールを見た。そして納得してしまう。クライアントは高齢者向けの宅配配食サービスの先駆けとも言える会社の社長だった。孫が高齢者相手に詐欺をしていたなんてことは知られたくないだろう。

「方法は任せる。軽傷程度ならばかまわない、とのことだ」

「納得しました」

ならば穂村たちにこれ以上向いている仕事もないだろう。もともと彼らは物騒な案件——下手をすれば命に関わるような依頼ばかりを好んで受けてきた。運よく大きなケガはなかったが、車を壊した回数も実弾を使った回数もＪＳＩＡではトップのままだ。凶悪事件の依頼自体は減っていないので、穂村たち以外の調査員がそういった依頼を受けているわけだが、ほかの者はそこまで強硬手段に出ずに解決しているらしい。その分、時間はかかっているようだが。

「では、よろしく。十一時から担当者の説明がある」

指示書を渡されて上司のいる部屋から出ると、指定された部屋へと向かう。布施が別の調査員に呼び止められたので、待つことはせず先に行った。おそらく別件での協力を要請されるのだろう。穂村に向かない仕事は多いので、珍しいことではなかった。

違うフロアにあるカンファレンスルームに向かっていると、見知った姿を遠くに見つけた。

（双葉と工藤……？）

調査部のある廊下に双葉がいること自体は不思議ではない。用事があれば開発部の人間がここへ来ることはあるからだ。そして二人が同期として多少の関わりがあるのも知っている。

気になったのは二人の様子だ。深刻な顔をした工藤が、少し困惑している双葉を非常階段へと連れ出した、という印象だった。

穂村は足早に廊下を進んだ。

本来なら手前のエレベーターに乗るはずだったが、非常階段へ続くドアの前まで行く。するとわずかに声が聞こえてきた。

「それは本人たちの問題で、部外者がどうこういうことじゃ……」

「でも、あれはよくないよ。布施さんのためにならないのは当然だけど、穂村さんにだってよくないだろ」

「そうかなぁ……？」

自分たちの名前が出て、穂村は眉《まゆ》をひそめる。双葉まで巻き込んでなにをしているのかと、舌打ちしたい気分だった。

「布施さんは穂村さんに気を遣い過ぎてるよ。あれじゃまるで女王さまと家来《けらい》だ」

「じょ……いやいや、穂村さんは女王さまじゃないですよ？　っていうか王さまとか王子さまじゃなくてナチュラルにそっちって、さすが……」

双葉の気の抜けた感想にはいろいろとツッコミたいところはあったが、ここはぐっと我慢する。気配を消しておくことも忘れない。双葉は当然として、おそらく工藤も察するほど鋭《するど》くはないだろうが念のためだ。

「とにかく布施さんと穂村さんは公私の区別をつけるべきだ」

「僕に言われても困るんですけど……」

「君は二人と仲がいいだろ？」

「だとしても、それは二人の問題だし。もし仕事に支障があるっていうなら、工藤さんが言わなくても上から指示が出ると思いますよ。でも別に問題が出てるわけじゃないでしょ？　絶対に二人でなきゃ仕事しないってわけじゃないし、コンビ組んでやってる人はほかにもいるわけだし」

そう、穂村たちのような形で活動しているのは、一組や二組じゃないのだ。もちろん彼らとて、場合によっては別々の仕事を請《う》け負ったりもする。

工藤は一向に引く気がないようだった。

「でもあの二人は恋人同士じゃないか」

「だから？　ご夫婦でエージェントの人たちだっていますよ？　よく二人で仕事してるじゃないですか。兄弟で組んでる人もいます。その人たちはよくて、穂村さんたちはダメなんですか？」

「ほかの人たちと布施さんたちは関係性が違うだろ」

「関係性？」

「穂村さんが依存しすぎてる……！　あれじゃ布施さんが気の毒だ」

思わず顔をしかめてしまったが、すぐに無表情の仮面を張り付ける。誰が見ているわけでもないのに、とっさに取り繕《つくろ》っていた。

「えー？　そんなことないですって。仮にもしそうだとしても、本人たちがそれでいいって思ってて上手《うま》くいってるのに、他人がどうこういうのは野暮《やぼ》です」

双葉は何度も同じことを、違う言葉で繰り返していた。ようするに、他人が口出しするな、ということだ。だが工藤には微塵《みじん》も伝わっていない。

原が「聞く耳を持たない」と言っていたのを思い出した。まさにそうだった。

「だいたいなんで僕に言うんですか。本人に言えばいいのに」

「言ったよ。でも軽く流されて……」

「だったらそういうことなんだと思います。工藤さん、二人のことなにも知らないでしょ？　知らないのに口出ししないでください」

双葉にしてはきつい口調で言うのを聞いて、穂村はドアの前から離れて柱の陰に身を隠した。

すぐにドアが開く音がして、足早に双葉が去って行った。歩調からして少しばかり憤慨しているようだった。

（依存、ね……）

工藤の意見を一笑に付《ふ》す気はなかった。実際、穂村は生活のほとんどを布施に依存している状態で、それは実家を出てから今日までずっとそうだった。態度が悪いのも確かだ。優しくないどころか、手や足が出ることもある。

布施の驚くべき寛容さのなかで、穂村は好き勝手にさせてもらっているのだ。

だがいまさら態度を変えるのは難しい。どうやったらいいのかわからない。

小さく溜め息をついていると、再びドアが開いて工藤が通り過ぎていった。彼が穂村に気付いた様子はなかった。

ぼんやりと窓の外を眺《なが》めていても、そこには代わり映えのない風景が広がっているだけだ。並びの部屋の同方向の窓なので景色はほぼ同じだ。昨夜から降っていた雨もようやく止み、道行く人も傘を畳んでいた。

詐欺事件も片が付き、報道もすっかり落ち着いた。クライアントの孫を拉致して祖父の元へ強引に連れ戻したのは一週間前。その後で資料を警察に渡して恩を売り、グループの一斉摘発に至ったのは一昨日のことだった。

幸いと言おうか、問題の孫は本名も身元も明かさずに詐欺グループの仲間になっていた。町でふらふらしているときに声をかけられ、小遣い欲しさに下っ端の一人に加わったのだ。グループの拠点も知らず、電話一つで金の受け取りをする役目を負っていた。

まさか詐欺グループの連中も、有名企業の社長の孫が自分たちの仲間になっていたとは思わなかっただろう。彼らにとっては使い捨ての駒であり、「ヤバい筋の者に追われて逃げて、そのまま帰ってこなかったどうでもいいガキ」なのだ。そういうふうに思えるように穂村たちが状況をでっち上げ、その上で孫を拉致した。どうせグループには同じような使い捨ての駒が大勢いるのだから、一人や二人いなくなってもすぐに忘れてしまうだろう。

後はクライアントである祖父が懇々《こんこん》と説教をし、ほとぼりが冷めるまで海外にでも留学させてしまえば当面はしのげるだろう。そのうち面差《おもざ》しも雰囲気も変わり、元の仲間が見てもそうそう同一人物には見えなくなると思いたい。

いずれにしても、そのあたりはもう関係ない話だ。

(そこまではよかったんだ……)

今回のことで、うるさい男がまたはしゃいだことには苦い思いしか抱けなかった。悪い意味でテンションを上げてくれたのだ。

未成年者の保護という依頼内容はともかく、詐欺グループの情報を警察に渡したことは周知のことだったので、工藤は例のごとく熱くなった。ＪＳＩＡで逮捕するべきではなかったのかと主張して、周囲の失笑を買っていた。

穂村はふう、と溜め息をついた。

「なにかあった？」

双葉がコーヒーを手に近付いてきて、穂村はゆっくりと振り返る。

カップを差し出しながら心配そうな顔をする年下の友人に、穂村はあるともないとも言わなかった。どちらの答えも正しく、そして正しくないからだ。

「最近いろいろと面倒だな、と思ってた」

「あ、もしかしてあれ？　朝比奈に聞いたけど、工藤さんと津島さんが険悪だとかいう……」

「ああ……まぁ、それも一端だな」

頭の痛い話だった。工藤の主張に対し、穂村たちをはじめとするエージェントのほとんどが、また始まったという程度の認識で適当に相手をしていたのだが、たまたま工藤の言葉を耳にした津島が反論し、そのまま大激論になってしまったのだ。

激論と言えば聞こえはいいが、ようするに大げんかだ。

「会社の規範としては津島さんが正しいんだよね」

「俺たちも規範に則《のっと》ったしな」

証拠も揃《そろ》っていたし、拠点も割れていた。すぐにでも逮捕できたのにしなかったのは、上司から孫の保護だけ、と言われていたこともあったが、なにより二人では到底無理だと判断したからだった。少なくとも五人、出来ればもっと人員が必要なほど、詐欺グループの人数は多かった。

もしそれだけの人数を要請しても、おそらく上は拒否しただろう。あらためて「依頼」のみを遂行しろと言ってきたに違いない。

人を大勢駆り出すということは、それだけ人件費がかかってしまうということだ。詐欺グループの摘発は依頼されていないので、JSIAとしては赤字にしかならない逮捕劇だったわけだ。

もちろん理由はそれだけではない。クライアントの孫が姿を消し、すぐに一斉摘発ともなれば孫が疑われかねない。あくまで保護対象の安全のための措置だったが、そこまで知らない工藤は数日後に警察へ資料を渡したことも含めて咎《とが》めているのだった。

「工藤さんって、布施さんに憧れてるよね？」

「みたいだな」

「穂村さんへの風当たり、きつい？」

「たいしたことはないかな。ただ今回のことも、俺の判断に布施が従ったと思い込んでるらしい。都合のいい頭をしてるみたいだな」

「あの……」

双葉は言いにくそうになにか言いかけ、言葉を呑み込んだ。非常階段でのことを打ち明けるつもりだろうかと、じっと彼を見つめる。

だが意を決して発した言葉は、思いもよらないものだった。

「工藤さんって、布施さんのこと好きだったりする？」

あまりに予想外のことを言われ、穂村は目を丸くした。

「それは……恋愛感情という意味で？」

「う、うん」

どこを見たらその発想が出てくるのか、と思ったが、考えてみれば双葉は布施と工藤が話しているところをほとんど見ていないのだ。工藤の傾倒ぶりを目の当たりにし、噂だけを耳にしていたら、誤解も仕方ないと思えた。

「それはたぶんないな。憧れてるだけだろ」

「理想なのかな。ああいうふうになりたい、っていう」

「そうかもしれない。ただ自分に都合がいいように脳内で改変されてる可能性は高いだろうな。だから本物と偶像に齟齬《そご》が出ると、俺のせいにしようとする」

「あー……」

腑《ふ》に落ちたという顔をして頷き、双葉は「実は……」と切り出し、今度こそ先日の非常階段での件を話した。

「実は知ってた」

「え、マジ？」

「工藤が君になにかしたらマズいと思って……見当違いだったけどね」

「それはないよー。僕だってさすがにそういう気配は見分けつくっていうか、まぁ下心あるとかないとかわかるし。田舎《いなか》から出て来た頃は全然だったけどさ」

学習能力はあると胸を張る双葉は、事実ここ何年も危険な目にはあっていない。容姿が容姿なので声をかけられたりはするようだが、角が立たないように上手く断ったりかわすすべも身に付けたようだった。

「それに、ＪＳＩＡの社員で僕に手を出そうなんて人はいないと思う」

「あの人がいるからな」

「うん」

さしもの工藤も、もし双葉に気があったとしても行動には移せなかっただろう。工藤は早々に朝比奈は別格だと位置づけたようで、同じことを朝比奈がしても文句も不満も漏らさない。それがまた先輩方が眉をひそめているところでもあるのだ。

「長いものに巻かれることは知ってるらしいから……あれは空気が読めないんじゃなくて読まないのかもしれないな」

「うーん……単純に朝比奈が怖いんじゃないかなぁ、って思うんだけど」

「……なるほど。それは考えつかなかった」

案外ことは簡単なのかもしれない。穂村は朝比奈のことを怖いとは思わない――質が悪いとか面倒くさいとかいったことは思う――が、それは双葉を含めての関係があればこそだ。かつては得体の知れない男として、口では言いたいことを言ってはいたものの、どこかで畏怖《いふ》のような感情も抱いていたはずだった。

「あの人は君に出会って、ずいぶん変わったからな」

「そう、なのかな……？　前の朝比奈ってよくわかんないから……会ったときから、ああだった気がするけど」

「状況を聞く限り、普通ならあの場で君を叩き伏せて追い返して終わりだったと思うよ。わざわざ付きあうはずがない」

そもそも普通の出会い方ではなかったのだ。双葉が高校卒業まで育った町は仲江《なかえ》という田舎町で、ほぼ観光業で成り立つ町だった。伯父《おじ》夫婦はそこで旅館を営《いとな》んでいるが、近くにあるスキー場の客によって経営が成り立っているようなものだった。ところがスキー場が廃止されるという話が出て、双葉はオーナー企業の責任者に直談判しに来たのだ。その責任者が朝比奈の弟で、見た目は――少なくとも顔立ちそのものはそっくりだった。もちろん全体的な印象や体格は違うし、表情の作り方も違うので瓜二つというわけではないのだが、親しくない人間が見れば間違えるほどにはよく似ていた。

つまり、双葉は人違いで朝比奈に出会ったのだ。しかも脅してまで話しあいのテーブルに着かせようとして。

朝比奈がおもしろがって弟の振りをしてしばらく付きあったのは、なにも彼の酔狂《すいきょう》さだけが理由ではなかったはずだ。相手に強い興味がなければ、それもいい意味での興味がなければ彼は自分の時間を使ったりはしない。

「一目惚《ぼ》れだったんだろ、きっと」

「えええ……」

あれで？　と呟いて、双葉はゆるくかぶりを振った。

「聞いてみれば」

「無理無理。聞くだけ無駄っていうか、どうせ本当のことなんかわかんないから。肯定しても嘘くさいし、でも本当かもしれないし、否定も似たようなもんだし」

「……確かに」

さすがに恋人のことをよくわかっている。そしてある種の諦め、いや懐が深くなっているようだ。

出会った頃は年齢的にも精神的にも朝比奈との開きが大きくあった双葉だが、後者は少しずつ狭《せば》まってきているようだ。穂村の目にはそう見えた。

「相変わらず君の趣味はよくないね」

「ほんと、穂村さんって朝比奈に対して厳しいよね」

恋人のことを貶《けな》されても双葉は笑っている。そういう男だと百も承知だし、穂村との関係もよく知っているからだ。

「君が甘すぎるんだ」

「一応、悪いとこもヤバいとこもわかってるんだけどね」

それでも双葉は朝比奈がいいというのだから、穂村には到底理解出来なかった。性格を除けば完璧と言える条件を備えていることは否定しないが。

「性格的には布施さんのほうが優良物件だよね。前はちょっとあれだったけど、いまはもう吹っ切ったっていうか開き直ってるし。黒いとこあるのは、まぁこういう仕事してる以上は当然っていうか、いい大人で真っ白な人もどうかと思うし」

「……俺と圭梧《けいご》の関係って、やっぱりおかしいか？」

「え？」

気がつくとそんなことを口にしていて、双葉に驚かれてしまった。唐突な話に思えるだろうが、穂村のなかでは繋がっていたのだ。

気にすることじゃないと思いながらも、工藤が言っていたことはずっと引っかかっていた。

「悪い。忘れてくれ」

「ちょっ……あ、もしかして工藤さんが一人で息巻いてること？　あれは気にすることないよ。余計なお世話だよ」

「それでも一理ある、とは思ってる。お互い歪んでることは自覚してるし」

「別にいいと思うよ。それぞれの形があるんだし。僕と朝比奈だって、たぶんいろいろ変なところあると思うし。割れ鍋《なべ》に綴《と》じ蓋《ぶた》ってことだよ。他人がとやかく言うことじゃないじゃん。仕事だって、上手く機能してるわけだし」

「仕事はいいんだ。工藤のやつにどう思われてもいい。ただ……」

「あ、プライベート？　家事能力的な意味？」

「……全部任せてるのは、さすがにどうかとは思ってたんだ」

一応穂村だって簡単な掃除くらいはするし、洗濯機をまわすくらいはする。ただ気がつくと、部屋中がきれいになっていて、洗濯物がクローゼットに収まっているのだ。

そして料理はまったくと言っていいほどしない。実家を出て二人暮らしを始めた頃から当然のように布施が食事を作っていたので、そのまま任せてしまっていたからだ。

「俺が作っても、圭梧ほど上手く出来ないし……」

「手伝いは？」

「それはする……こともある。でも片付けは食洗機だから」

使った皿をセットするくらいはするが、そこから直接出して使うため、食器棚に戻すという作業は布施もしていないのだ。

「家事の問題とかは、それこそ他人に関係ないんじゃ……」

「わかりやすい部分で言っただけだ。基本的に、圭梧に甘やかされてるっていうか……」

「え、惚気《のろけ》だったの？」

「違う……！」

否定の言葉を口にしたものの、冷静になって考えれば確かにそう聞こえても仕方ないと思った。思わず深い溜め息が出る。

結局のところ、依存というほどのものではないのだ。ただ布施の愛情と寛容さの上であぐらをかいている自分が嫌なだけだった。

双葉はうーん、と唸《うな》りながら腕組みをしていた。

「じゃあ……わかりやすい部分を攻めてみる？」

「は？」

「作ってみようよ。ご飯。よく見てるんだし、あとは実践だよ。穂村さんって別に不器用じゃないし、やれば出来ると思うよ。やる気の問題だと思う」

「……やる気」

「うん。自分は出来ない、下手だって思い込んでない？」

「それは、実際そうだったんだ」

実家を出た頃、何度か挑戦してみたが、いずれも上手くいかなかった。壊滅的だったとは思っていないが、美味《うま》いとも言えないものを作り出していた。そして上達する前に、ケガを心配した布施によって上げ膳《ぜん》据え膳の生活になったのだ。

「あー……結局、布施さんの溺愛が原因……」

「……」

「なんとなくわかってたけど、布施さんって甘々《あまあま》だよね。僕なんて、ものすごい失敗したよ？　クリームコロッケ爆発させたときは、しばらく揚《あ》げもの怖くて出来なかったし」

「爆発？」

「うん。するよね、あれ。よし、まずは食材買ってこなきゃね。で、布施さんの好きなもの作っちゃおう」

穂村と双葉は休みだが、布施と朝比奈は仕事で出ている。朝比奈は地方に行っていて今日は戻らないのだ。

「あ、僕は教えながら、ちょっと手伝うだけだよ」

「ハードルが高いな」

「そんなことないと思うよ。なんか普通に出来ちゃうパターンな気がする」

押し切られるように穂村は自らキッチンに立つことになり、まずは二人で買いものに出ることにした。スーパーまでは歩いても行けるが、ここは穂村が車を出すことにする。ついでに買いたいものがあったからだ。

隣同士になって何年もたつが、こうしてプライベートで一緒に買いものへ行くのは初めてだ。双葉のボディガードとしてならば過去に行ったことはあったが。

「朝比奈は早くて明日って言ってたけど、布施さんとは別件だよね？」

「ああ」

ただし内容はどちらも知らない。布施は昨日から単独で仕事を受けていて、一週間はかかりそうだという話だった。

「ところでメニューなんだけど、唐揚げはどうかな。いきなり揚げものがハードル高いなら、レンジ調理でもいいし」

「……いや、やる」

「じゃあ、後は豚汁と炊《た》き込みご飯で。時間あるから、ゆっくりやろ」

心なしか双葉は楽しそうだった。穂村に教えられるのが嬉しいらしい。

いきなり三品と言われ、少し早まったかと思ったが、やると決めた以上は逃げも隠れもしないとハンドルを握りしめる。

いささか大げさなことを考えつつ、穂村はスーパーに向けて車を走らせた。


帰りの時間を教えてくれと連絡したら、布施は律儀《りちぎ》に会社を出る際にメールを入れてきた。

「よし、渋滞はなし！　揚げ始めよう」

スマートフォンで帰宅ルートの交通情報を調べていた双葉は、顔を上げてそう指示を出した。ちなみに部屋は穂村たちのところに移っている。布施が普段料理をするため、器具や調味料は充実しているのだ。

すでに豚汁は完成し、舞茸と油揚げの炊き込みご飯も炊きあがっている。鶏肉の下ごしらえもとうに終え、後は揚げるだけだった。レタスを敷いた皿も用意してあった。

「やっぱりちゃんと出来たよね」

双葉は満足そうにキッチン内を見まわした。

「ずいぶん手間取った……」

「だって最初だし。包丁使いとかも、すごくゆっくりだけど様になってたよ。僕なんか慣れるまでけっこうかかったし」

「……イメトレの成果かもしれない」

「イメトレ！」

なにそれ、と双葉は小さく呟いて笑った。だがすぐに真顔になって考えこむ。

「いや、あるのかも……っていうか、思ったんだけど穂村さんってわりと体育会系だよね。全然そう見えないけど、なんかノリが」

「考えたことなかったな」

「学生の頃って運動部とか入ってた？」

「特には」

かといって文化系のクラブでもなかった。いわゆる帰宅部で、せいぜいまわってきた委員会活動をしたくらいだ。

「えー、それであの身体能力？」

「身体を動かすのは好きだったからな。双葉は？」

「僕もほとんどしてなかったよ。部活やるくらいなら旅館の手伝いしたかったし。やりたかったのって機械いじりだったから、そういうの学校になかったんだ」

本やインターネットで得た知識をもとに、すべてが独学だったらしい。あらためて現在の道に適性があったのだと感心してしまう。

「JSIAに入れてよかったな」

「ほんと、そう思う。好きなこと仕事に出来るって幸せだなって」

「そうだな……」

「穂村さんは、JSIAの仕事好き？」

「いまは」

自然にそう言えたことが嬉しいと思った。かつて死に急ぐ布施を追って、そうはさせないためだけにJSIAに入ったときは、穂村自身も余裕がなくて張り詰めていた。いつ自分の糸が切れてしまうかと、布施を失ってしまうかと、常に追いつめられていた。

変化はきっと双葉がもたらしてくれた。彼の影響がなかったら、朝比奈は穂村たちの事情を知ったとしても最後まで傍観《ぼうかん》していたはずだ。

「あ、そろそろだよ」

油の温度が上がったことを知らされ、穂村は鶏肉を揚げていく。エプロンを着けているのは双葉の指示だ。必須アイテムらしい。

布施は揚げものや肉が好きだ。子供の頃からそうで、基本的な味覚は変わっていない。大人になって好きになったものや食べられるようになったものは増えたが、いわゆるお子様メニューと言われているものも相変わらず好きなのだ。

「今度はハンバーグ作ろうよ。チーズと目玉焼き載せて」

「それも好きそうだな」

「あっ、それともあれにする？　ワンプレートにいろいろ載せて、お子様ランチ的な！」

「ふ……」

思わず噴き出しかけた。頭のなかで布施がお子様ランチを食べている姿を想像してしまった。視覚の暴力だ。

まったくなんてことを言い出すのだろうか。

「旗も立てなきゃね。朝比奈に出したらどんな顔するかなぁ」

双葉は若干暴走気味だがとても楽しそうで、一緒になって盛り上がってやれない自分が少しもどかしい。こういうノリに、穂村はどうしても乗っていけないのだ。嫌いなわけではなく、どうしても言葉が出てこない。

双葉がそんな穂村に慣れていて、白《しら》けたような様子をまったく見せないのが幸いだった。

「あ、そろそろいったん上げて、後で二度揚げしよう」

「わかった」

「揚げもの初めてなんだよね？」

「ああ」

正真正銘これが初めてだ。双葉がコロッケを爆発させたなんて言うから少し身がまえていたのだが、鶏の唐揚げならばせいぜい油が跳ねる程度だと言われて安心した。

「全然ビビらないよね。僕なんて最初の頃、びくびくしながら入れてたよ。パチッと跳ねたりしたら、逃げてたし。で、爆発してからはもう……」

「そういうものなのか？」

「わりと。銃弾とかナイフとかと比べたら、怖くないのかもしれないけどさ」

遠い目をして呟いているのは、かつての穂村たちを思い出しているからだ。田舎の平和な町で育った双葉には、出会った当時の穂村たちの行動は強烈過ぎたようだ。客観的にいま振り返ると、穂村にも理解出来た。

「最近は昔ほど物騒な手段は取ってない」

「よかった。心配だったんだよね。朝比奈が、わざと危ないことしてるみたいに言うからさ」

「……手っ取り早い手段を取ってたからな」

時間と手間さえかければ銃撃戦など避けられたことは当時からわかっていたのだ。ただ布施がそれを望まず、穂村も引きずられるようにして同じ方法をとっていただけで。

自分たちの過去やかつての考え方を教えたら、工藤はどんな顔をするだろうか。ふとそんなことを思い、すぐに打ち消した。

「二度揚げ開始！」

いつの間にか窓に張り付いていた双葉が声を張った。どうやら布施の車が見えたらしい。言われた通りに高温の油で表面がカリッとするように揚げてバットに移していく。布施の好む唐揚げの完成だ。

あらかじめ言ってあったので、布施は双葉が出迎えても驚いた様子は見せなかった。

「お、いい匂《にお》い。双葉ちゃん、作ってくれたんだ」

「僕じゃなくて穂村さん」

「えっ……」

キッチンを見て、そして双葉の言葉を聞いて、布施は大きく目を瞠った。そして穂村はバツが悪そうな顔をして黙々と唐揚げを皿に盛っている。

そんな二人を双葉はニヤニヤしながら眺めていた。

「僕は口しか出してないよ？　後、味見しただけ」

「へぇ……」

「よし。僕の分、確保しよーっと」

声を弾《はず》ませてキッチンに入ってきた双葉は、持参した食器に豚汁をよそい、炊き込みご飯を多めに盛り、唐揚げを数個皿に載せた。

「じゃ、これご馳走になりまーす」

「待て」

「え、こっちで食べねぇの？」

「うん。ここはやっぱり二人っきりで！　お疲れさまでしたー」

トレイに載せた夕食を手に双葉は帰って行った。いつもより足取りが軽かったのは気のせいではないだろう。

「こういう気遣いされるとは思わなかったなー」

「だからこっちで作ったのか……」

これからのことを考えて自分の家の調理器具で、と言われて移動したのだが、最初から帰るつもりだったのだろう。

「運ぶわ」

「あ……ああ」

変に緊張してしまい、鍋に蓋をした後ぎこちなくテーブルに着いた。ただ夕食を作って布施を迎えただけなのに、照れくさくて落ち着かなくて仕方ない。向かいに座る布施の顔を見るのも恥ずかしかった。

「すげぇじゃん。これ全部遥佳が作ったのか？」

「双葉が手伝ってくれたから。全部俺じゃない」

「口しか出さなかったって言ってたじゃん」

「言われた通りにやっただけだ」

布施の視線は感じているが、あえて手元を見たまま箸《はし》を持つ。見なくても布施がにこにこ笑っているのはわかった。

「でも今日作ったやつは覚えたろ？　遥佳、一度やれば覚えるもんな」

「それはまた作れってことか？」

「気が向いたらな。とりあえず冷めないうちに食おうぜ」

布施は箸を手に「いただきます」を言って唐揚げを口に放り込んだ。まだかなり熱いはずなのだが、一口でいった。

案の定、熱いと言いながら食べて、嬉しそうにまた笑う。

「美味い」

「そうか」

「たまにはいいな、こういうのも」

「たまにでいいのか？」

ちらっと顔を見ると、穂村を見つめていた布施とばっちり目があう。その顔がやけに優しげで愛《いと》おしげで、直視出来ずに目を逸らしてしまった。

いきなり甘い雰囲気を出すのはやめて欲しかった。付きあいは長いし、恋人になってからも何年かたつのに、まだ穂村はこの手の空気に慣れないのだ。

「どうした？」

「……なんでもない」

「照れてる遥佳も可愛《かわい》いよな」

「冷めるから食べろ」

努めて淡々と言い放ち、もくもくと食事を続ける。これでも自分を抑えたほうだ。いつもだったら罵倒《ばとう》から入っていたところだった。

「二週間に一回くらい作って」

「それでいいのか」

「だってずっとそうだったしさ、俺は自分が食いたいもん作るからいいんだよ」

「……負担になってるだろ？」

「その分、ベッドで返してくれたらＯＫ」

「バカ」

布施が自重というものをしなくなって数年がたつ。開き直ったのか己を解放したのかは不明だが、いろいろと吹っ切った時期を境に穂村への愛情や欲望を隠そうとしなくなっていた。口だけではなく身体でもだ。

「で、急に双葉ちゃんまで巻き込んで料理とか……なんかあったのか？」

「別に。おまえへの依存度を減らそうかと思っただけだ」

「なんで」

「え？」

布施の声は低く、どこか不満そうだった。

「減らす必要ねぇじゃん。っていうか、そもそも依存されてねぇけど？」

「いや、プライベートではいろいろ……」

「家事とかの話？　それは依存とは違うだろ。精神的な話だったらお互い様だな。俺、遥佳いねぇと生きてけねぇもん」

とんでもないことを涼しい顔でさらりと言って、布施は豚汁をすする。

また美味いと呟いて具を食べる彼を、穂村は唖然として見つめた。好きだとか離さないだとか、そういった熱を帯びた言葉ならばよく口にしているが、生きていけないとまで言ったのは初めてのことだった。

思わずまじまじと布施を見つめてしまった。

「……生きていけないのか」

「なんだよ、知らなかったのか」

「さすがにそこまでとは……」

愛されているのも大事にされているのも知っている。穂村が布施のために生きようとしたように、布施もまた同じように思っているのはわかっていた。

けれども穂村の認識よりも布施は重症だったらしい。

「つれねぇよな、相変わらず」

言いつつも布施はさして気にしたふうもない。なにしろ付きあいは長く、穂村のこんな態度にも慣れているのでいまさらなのだ。

なんとも言いようがなく、それからはただ食べ続けることに専念した。いつものように布施が話しかけてきて穂村が返事をする形だったが、会話の内容は当たり障《さわ》りのないものになっていた。

何度も美味いと言いながら布施は食事を進め、穂村の倍の量を同じくらいの時間で食べ終えた。

片付けに立とうとすると、手で制された。今日は布施が片付けを引き受けるということだが、キッチンに食器を持っていって食洗機にセットするだけなので、穂村はそのまま座っていることにした。

布施はすぐに戻って来て、にんまりと笑う。

「いいな、エプロン姿」

「あっ……」

外すのを忘れていたのにようやく気付かされ、慌《あわ》てて紐《ひも》を解こうとしたらその手をつかまれた。そしてそのまま椅子ごと背中から抱きしめられる。

「それ、双葉ちゃんに借りたんだ？」

「ああ」

「似合ってる。ヤバいな……ムラムラするわ」

首元に顔を埋《うず》め、すんと鼻を鳴らすのが犬のようで笑えてくる。だが暢気《のんき》に笑っていると嚙《か》まれて食い尽くされてしまうことも知っていた。

「バカか」

「いやいや、普通のことじゃね？　遥佳は性欲薄いからわかんねぇだろうけど。っていうか、身体はエロいのに、なかなかテンション上がらねぇよな」

「おまえが上がりすぎなんだ」

「上がんねぇのを無理矢理上げんのが楽しいんだけどな」

「おい、会話になってるのか、これは」

どこかで布施の欲情スイッチが入ってしまったようだ。料理を作って待っていたことか、あるいはエプロンなのか、いずれにしても非常に軽いスイッチであることは間違いない。

「遥佳ちゃん、クール過ぎ」

「悪かったな」

「いいえー。昔よりちょっとは甘えるようになってきてるから、よし」

「は？　俺のことか……？」

「ほかに誰がいんのよ」

椅子からひょいと肩へと担ぎ上げられ、連れていかれた場所はバスルーム――。

この先の行動なんて聞くまでもなかった。


とうとう工藤が上司に呼び出され、警告を受けたらしい。

それを聞いたのは、六月もなかばの雨の日だった。

相変わらずの言動を繰り返す工藤は、社内で浮くばかりか業務にまで支障を来《きた》したということだ。詳細は明かされていないが、依頼で動いている最中にまったく関係ない事件に首を突っ込み、丸一日以上もそちらに時間をつぎ込んだ挙げ句、警察の内偵の邪魔をする形になって先方から抗議を受けたという。

「余計なことしやがったのか……」

目も当てられないとばかりに布施はかぶりを振った。

ＪＳＩＡでは依頼内容に事件性がある場合、依頼を受理する前に警察や厚生労働省など、該当組織に問い合わせることになっている。これは先方がすでに捜査している場合を考慮してのことだ。先方が着手していなければ問題ないし、場合によっては情報提供を受けたとして向こうが動き始める場合もある。あらかじめクライアントには、公的組織の妨害となるような活動は出来ないことを承知してもらっているし、ＪＳＩＡと公的組織が協力して動くこともあった。

とにかく好き勝手に事件に首は突っ込まないのがルールなのだ。今回のようなことがあると警察からの信頼を損ね、協力を得られなくなりかねない。発足当時はよくごたごたがあり、何度も協議を重ねた結果いまの形に落ち着いたのだ。

「そもそも一日潰すってどういうことなんだ」

「本人はなんて？」

二日前から地方へ行っていた穂村たちは、今朝出勤して初めてことの次第を知ったのだ。説明してくれたのは原で、工藤本人は内勤を命じられている。まずは始末書を書かされ、それが終わったらＪＳＩＡの服務規程や特別調査員規範などを読んでレポートを書かせるといった処置がなされているそうだ。

「会社も警察にも迷惑をかけたことは反省してたらしいな。ただ警察との連携がどうのって、いまのシステムの改善も求めてた」

「ブレねぇなー。つか、いま以上は無理だって。民間企業にお役所がホイホイ情報提示するわけねぇだろ。あいつ元警察官なんだからわかるだろ、それくらい」

過去の捜査協力だって、結局は最後の最後で人員が足りないから駆り出されるのがほとんどだった。後はすでに公開捜査となっている場合と人捜しの類《たぐ》いだ。

「うちが民間企業だって本当にわかってんのかね」

「頭ではわかってても、感覚で理解してないって感じっすかね」

「ああ、かもな」

原の大きな溜め息をＢＧＭに穂村は報告書を作成した。昨日の夜に終了したボディガードの案件についてだった。

二十歳の女子大生に男がしつこく付きまとっており、警察に届けてはいたがまだ様子見の段階――

つまり動いてはくれず、女性の親が心配してボディガードを頼んできたのだ。メインは穂村だった。被害女性と接触してもストーカー男が逆上しない……と顔で判断された。それを不本意だと思うほど穂村は青くはない。自分の顔が美しいと評されるものであることも、女性には見えないが男っぽさをまったく感じさせないことも自覚していて、この顔は武器なのだと割り切っている。

ただ少し不思議には思っていた。性別を間違えられたことはないのに、どうして男として警戒されないのかと。現に今回も、ストーカーは穂村という男が被害女性と接触しても激高することも行動をエスカレートさせることもなく、様子を窺《うかが》うように遠くから見ていたようだ。これは布施がしっかりと監視していた。女子大生はひそかに海外留学を進め、今日の昼の便で日本を発った。成田《なりた》のゲートをくぐるまでの契約だったのだ。

報告書を出し、今日はもう帰ろうと廊下へ出ると、会議室に押し込められていた工藤がむくれた顔で歩いてきた。

表情を見る限り反省の色は薄そうだった。しでかしたことに問題があったのは納得しても、システムに問題があると主張しているのだから当然かもしれない。

わざわざ追い打ちをかける必要もないので、挨拶《あいさつ》だけして通り過ぎようとしていたら、向こうがぴたりと足を止めた。

「俺、ここに来れば困ってる人を助けられると思ってました」

彼は唐突にそう吐き出した。まさに吐き出すというのが相応《ふさわ》しい、振り絞るような声だ。対して布施の声はいっそ軽いほどだった。

「有料でな」

布施の容赦《ようしゃ》ない一言に工藤は傷ついたような顔をした。だが事実だし、ＪＳＩＡが依頼料を取っていることなど誰でも知っていることだ。

冷めた目をする布施がとても珍しく、穂村はじっと彼を見上げた。

「……布施さんは、なんでエージェントになったんですか」

「死にたかったから」

「え？」

聞き違いかという顔をした工藤に、布施はもう一度言った。

「死にたいなって、ずっと思っててさ。けど自殺は出来なくて、だったら危険度高い仕事受けてその最中に死ねばいいか……って思ってたんだよね」

「え、いや、あのそれって……」

困惑するのは当然だし、どう反応していいかわからなくなって穂村を縋《すが》るように見るのも当然だと思った。

だが穂村はなにも言えなかった。ただ苦笑を浮かべただけだった。

「そんな俺を止めようとして遥佳もＪＳＩＡに入ったわけよ。俺たちはさ、人助けしたいとか世のなかをよくしたいなんて、これっぽっちも思ってなかったよ。それでも結果的に助かった人はいるし、感謝もされてきた」

依頼達成後に穂村たちがクライアントに会うことは滅多にない。担当者から、感謝していたと聞くのがほとんどだ。だがときどき手紙をくれる人はいたし、直接会いに来て思いを告げてくれる人もいた。最初の頃はそんなことがあっても心は動かなかったが、重ねられるそれが誇りになっていったことも事実だった。

「あ、ちなみにいまは死にたいなんてまったく思ってねぇからな。むしろ死んでたまるかって思ってるんで」

「は……はい……」

「遥佳を置いていけねぇし、俺が幸せにしなきゃいけねぇし、俺がいねぇ世界で遥佳だけ生きてるのも嫌だし」

さらりと危ない発言が飛び出し、工藤はぎょっと目を剝《む》いた。

布施の歪みは相変わらずだし、きっと穂村も同じように歪《いびつ》な部分がある。一度ひしゃげて壊れかけたものは、そうそう元の形には戻らないのだろう。だが布施が快活で優しい男だというのもまた本当なのだ。

工藤のように、普段見せている一面しか知らない者にとっては、かなりの驚きだっただろう。驚いているどころか少し引いているようだ。

「俺、遥佳いねぇと死んじまうしな」

「なに言ってるんですか……」

工藤はなんとかフォローしようとしては失敗している。そもそも布施にそんなものは必要ないのだが、理解しろというのも酷《こく》だろう。かといって穂村には口出しする気はなかった。

「一人じゃ荷物も背負えない弱っちー人間なんだよな。工藤がどう思おうと、それ事実な。で、そんな俺でも……俺たちでも、仕事に関しちゃプロだと思ってるわけよ。大層な使命感とか正義感はねぇけど、依頼は迅速に確実にこなそうと思ってるし、そうしてるつもり」

「……はい……」

「おまえさ、うちのメイン業務がなにに分類されてるか知ってるだろ？　サービス業だ、サービス業。客にサービス提供してんだぜ。警察とはまったく違うよな？」

「それは……」

「ってことで、クライアントの要望に応えるのが第一。正義の味方やりたいんなら、自分で事務所でも会社でも立ち上げな。活動するには金がかかるってことが、よくわかるからさ」

どの口でそれを言うのかと思わないでもない穂村だったが、空気を読んで……というよりも、もともと口を挟む気がないので黙っていた。かつて無駄に車を壊し、銃弾を使い、被疑者にケガをさせていたのは自分たちなのだ。

パンパン、とどこからか拍手が聞こえた。拍手というにはやる気の感じられない、どこか皮肉を含んだようなものだった。

振り向くと朝比奈がいた。なんとなく穂村にはそんな気がしていたところだったが、予想外だったのはその陰に双葉がいたことだ。今日は早めに退社するところだったのだろう。ひどく気遣わしげに工藤を見ていた。

「なんすか、その拍手。おまえが言うなってやつっすか」

「自覚はあったようだね。まぁ、成長著《いちじる》しくて結構だ」

「朝比奈さんこそ脇道に逸れたりするじゃないっすか」

「脇道が結果的には近道の場合にはね。さて、工藤だったかな」

「は……はいっ」

ピンッ、と工藤の背筋が伸びるのが見えた。朝比奈という男は粗野なところも乱暴なところもないのに、なぜこうも人に威圧感を与えるのだろうか。工藤の顔が若干青ざめて見えるのはきっと気のせいじゃない。

「わたしも概《おおむ》ね布施に同意だよ。わたしだけじゃないことは、わかっていると思うが……そこまでバ

力ではないはずだろう」

現実が見えていないというよりは、理想のために現実から目を背けている、というほうが正しい工藤は、なにも言わずに俯《うつむ》いていた。

廊下にはちらほらと職員たちの姿が見えた。ほとんどが調査員たちで、こちらの様子を固唾《かたず》を呑んで見守っていた。

「そろそろ折り合いをつけたらどうかな」

「お、折り合い……」

「警察官と特別調査員。どちらも君の理想とは違っていたらしいからね、こちらも辞めるか調査員の枠のなかでやっていくか、どちらかだろう？　いっそ別の仕事にでも就《つ》くか？」

「金が腐るほどあるか、そういうパトロンでも見つけない限り、工藤の理想は果たせねぇよ。な、無理だろ？」

「ちょ、ちょっとそのへんで……っ」

双葉が焦って割り込んできた。

朝比奈と布施が二人がかりで工藤を追いつめているようなものだ。双葉のこと以外で無駄なことはしない男だから、なにか考えがあるのかもしれないが、このままでは辞めてしまいそうな雰囲気だった。

「朝比奈、ちょっと先帰ってて。布施さんも！　それで、穂村さん付きあって！」

「は……？」

なぜか指名された穂村は、双葉が工藤の手をつかんでどこかへ行こうとしているのを唖然として見つめていた。

朝比奈の溜め息で、はっと我に返った。

「遥佳ちゃん、ご指名」

「……行ってくる」

「頼むよ」

止める気はないらしいし、布施も仕方なさそうな顔をしていた。ということは、こうなることを見越して工藤を追いつめていたわけだ。

なるほど飴《あめ》と鞭《むち》というやつかと納得した。打ちあわせなんてしていないはずだから、きっと双葉がああ出ることも織り込みずみで口を挟んできたに違いない。

「遥佳」

振り返ったところになにか飛んできた。とっさにキャッチしたそれは車のキーだった。どうやら双葉を家まで送り届ける役目も出来たようだ。

「穂村さーん」

遠くから双葉の声が聞こえた。

「いま行く」

足早に追いかけて、以前双葉と工藤が話していた非常階段で三人で話すことになった。なぜ自分まで、と思わないでもなかったが、朝比奈と布施を呼ぶのは雰囲気としてないだろうし、双葉一人では自信がないのだろう。

念のため、双葉たちは階段の中腹まで下ろし、穂村はドアにもたれることにした。これならば声は建物内まで届かない上、誰か来たとしても穂村が気配を探れる。

「えーと、朝比奈たちはああ言ったけど、工藤さんには期待してるんだと思います」

「そんなはずないよ……俺はエージェントにも向かないって、もう辞めろってことだろ……」

工藤はすっかり落ち込んで――というより深くめり込んでしまっているが、それも無理からぬ話だ。トップエージェントと憧れの先輩に、あんなふうに言われたのだから。

だが双葉はゆるくかぶりを振った。

「でも朝比奈って、基本他人に干渉しないですよ。本心からああ思ってたとしても、わざわざ背中突き飛ばす手間なんてかけないです。離れたとこからたまに見て、もし本当に辞めたら『ふーん』って思うだけです。観察すらしません」

まったくもって正しい人物評だと思った。

あるいは上司に頼まれたのかもしれない。工藤はその考え方や性格はともかく、能力的には申し分ないのだから、上司が惜しんだとしても不思議ではなかった。朝比奈ならば貸しだと言って引き受けることも十分あり得た。

おそらく作った貸しは、双葉の関わるなにかや、自らの休暇に使われるのだろうが。

「せっかく同期なんだし、工藤さんには頑張って欲しいかなって。意外と津島さんあたりといいコンビになりそうな気がしなくもないんだよね」

「津島さんとはあわない」

「おかしな化学反応が起きるんじゃないか」

思わず口を挟んだら、二人がいっせいに見上げてきた。工藤に至っては穂村の存在を忘れていたらしく、そう言えばいたというような顔をされた。

「穂村さんはどう思う?」

「どうって……死に場所求めてＪＳＩＡに来たやつより、よっぽど健全なのは確かだな」

「求めてた答えと違った」

双葉は溜め息をついたが、工藤はじっと穂村を見つめたままだった。

「俺、エージェントやれますか……?」

「知らない。そんなの、おまえ次第だろ。ＪＳＩＡに入れた時点で優秀なのはわかってるんだ。後は朝比奈さんも言ってたように折り合いが付けられるかどうかだろ。世間知らずの子供じゃないんだから、人やものを動かすのにいちいち金がかかることくらい理解してるはずだ。ＪＳＩＡが営利企業だってこともね」

「……わかってた、つもりでした……」

工藤は俯いて、小さな声で呟いた。このなかで誰よりも大柄なはずなのに、いまは誰よりも小さく見えた。

「つもりじゃなくて、理解しろ。そうすれば能力も活かせるんじゃないか」

たぶん、と小さく呟き、穂村は視線を外した。実際、工藤の入社試験の成績は大したものだったと聞く。筆記はもちろん、体術や射撃なども優《すぐ》れていたらしい。歴代でも上位に入るほどの好成績だったとも聞いた。

「えーっと、つまり、あっちもこっちも華麗に解決！　なんて無理なんだから、とりあえず自分の担当してる案件をなるべく素早く解決したらいいんじゃないかなーって」

「まぁ、そうだな」

いまさらの話だが、工藤にはこれくらい嚙み砕いてやったほうがいいのかもしれない。

じっと見つめてくる目には期待と喜びと不安が入り交じっていて、どう扱ったらいいものか持てあましてしまう。

捨てられた子犬が、拾ってくれそうな人を見ているような、そんな姿に見えて仕方なかった。

穂村は雨の降り続く空を見て、ふっと溜め息をついた。


辞めるかもしれない、という空気を打ち破り、工藤はそれからも元気に出勤してきた。相変わらず空気を読まない男だった。

「案外あっさり立ち直ったな」

ときどき不満を言いながらも元気に明るく仕事をこなしている姿を見ていると、先日のあれはなんだったんだろう、と思わないでもなかった。

脱力感に見舞われるのは穂村だけではないようで、あちこちで複雑そうな視線が工藤に向けられていた。

ちなみに穂村への態度はかなり軟化した。そして布施への態度にも変化が見られた。偶像化というフィルターが外れたのはいいことだが、朝比奈と二人でいろいろと言われたせいか、若干及び腰になっているような気がしてならない。

せいせいした、と布施は笑った。

「ま、チョロいよな……」

「よく言えば素直か」

思い込みが激しいとか、他人の言葉が届きにくいとか、相変わらず暑苦しいとか、いろいろと問題点はあるのだが、以前ほど周囲から浮くことはなくなっている。

折り合いがついたのかどうかは知らないが、ＪＳＩＡや特別調査員の規範は守っていこうとは思っているようだ。

工藤の変化を一番喜んでいるのは原だった。親身になって、ではなく、自分の気苦労が減ったのが嬉しいのだ。ほかの皆も似たり寄ったりで、つくづく調査部の人間というのはドライと言おうか、人情味にあふれる人間が少ないなと思った。

「まぁ工藤が馴染《なじ》んできてるのはいいんだけど……」

布施がもの言いたげに穂村を見た。

「けど？」

「なんか遥佳に懐いてるように見えるのは気のせいじゃないよな？」

「別に懐いてないだろ」

「いや、調査部であいつが一番話しかけるのっておまえだからな？　しかも仕事じゃなくて、雑談とかで！」

「……そう、かもしれない」

「誰よりも雑談に向かないのにな」

「それは認める」

たまに相づちを返す程度なのに、懲《こ》りることなく工藤は話しかけてくるのだ。ほぼ一方的に他愛のないことをしゃべる痛い人間にも見えるので、最近別の意味で工藤への視線は多くなった。可哀想《かわいそう》なものを見るような目だった。

いい迷惑だ。あの穂村が工藤を手なずけた、などと言われているのだ。

実際に手なずけたのは双葉なのに、彼は開発部のために工藤が押しかけてもそうそう人目に付かない。本当は穂村など双葉のおまけのようなものなのに。

「おもしろくないんですけど？」

じとっとした目が布施から向けられた。

「……クラスでハブられてたやつが、ちょっと話しかけた相手に救い求めてるようなものだろ」

「確かにそれっぽいけどさ、ちょっと馴れ馴れしくねぇか？　穂村さん穂村さんって、犬かよ。手のひら返し過ぎだろ」

「調査部では俺のところに来てるってだけで、あいつ暇さえあれば双葉のところへ行ってるらしいぞ。朝比奈さんから聞いてないか？」

「いや、初耳」

「双葉が困ってた」

本来ならば用がない限り、調査員が開発部へ行くことはないはずなのだ。恋人である朝比奈ですら、そこまで常軌を逸した訪問はしていないのに、工藤は週に何度も出向いてはランチに誘い出したり、昼食を持参して一緒に食べたりしているようだ。

「あいつ、双葉ちゃんが朝比奈さんの恋人って知らねぇの？」

「知ってるはずだけどな」

「すげー度胸だな。俺だったら無理だわ」

「疚《やま》しい気持ちはないからいい、って思ってるらしいな。ま、だんだん頻度も減ってるらしいから、もう少しじゃないか。慰めてもらって盛り上がってただけだろうし」

「あ、そうか。だから遥佳にしては無視しないで相づちくらいは打ってんのか。完全無視すると、双葉ちゃんに集中しちゃうから？」

「極端に走る性格みたいだからな」

工藤はどう転んでも面倒くさい人間だった。穂村にとっては、以前よりよほど疲れる状態になったと言える。もっとも先ほど言ったように、徐々に落ち着いていくはずだが。

「だとしても、俺としてはちょっと……」

「穂村さん……！」

噂をすればなんとやらで、工藤が手に依頼書を持って近付いてきた。なんとなく嫌な予感がして、この場から逃げたくなった。

「相変わらず元気そうだな、おまえ」

「お、おかげさまで！」

布施と対峙《たいじ》すると少し目が泳ぐようになった工藤だが、ならばどうして一緒にいるときに声をかけてくるのか、と疑問を抱いた。いつもならば布施が近くにいないときを狙って来て、布施が戻るとそそくさと離れていくのだが。

「あ、あの穂村さん」

「なに」

「俺、さっき新しい依頼入ったんすけど、部長から誰かと組めって言われて、人選は俺に任されました！」

嫌な予感は当たったようだ。この先なんて聞かなくても誰にでもわかるだろう。

そして残念なことに、穂村に現在仕事は入っていない。当然だ。つい今朝方、家出人の捜索を終えて戻ったところなのだから。

「お願いします！」

腰を九十度近くまで曲げ、握手を求めるような手を差し出された。

どこかで見た気がした。少し考えて、昔のバラエティーの名場面かなにかを流すテレビ番組だったと思い出す。たまたま双葉とテレビを見ていて、流れたのだ。

確か返事は手を取るか、「ごめんなさい」と言って拒否するか、だったはずだ。

後者を言えたらどんなにかいいだろう。だが正当な理由がない。依頼内容に適性がないことを祈るばかりだ。

「……とりあえず話を聞く」

「ありがとうございます！」

「俺がやってもいいよ？」

布施が悪い顔で申し出ると、工藤は目に見えて震え上がった。この間までキラキラした目で見ていたのに、ずいぶんな変わりようだ。ここまで怯えるのは、仕事意識のことで責められたからというより、布施本人の仄暗《ほのぐら》い部分を見せつけられたからに違いなかった。工藤のような人間には、得体の知れない生きものに見えたのかもしれない。

「あ……いやあの、今回は穂村さんに……」

「それって遥佳でなきゃだめなやつ？」

「そ、そういうわけでもないんですけどっ、あの……まだ自分は慣れていないので、穂村さんにいろいろ教えていただきたく！」

「ふーん、いろいろね。まさかと思うけどさ、遥佳に邪《よこしま》な気持ちはねぇよな？」

「なっ、ないですないです！　そんな、まさか……っ」

工藤は盛大に動揺し、手を大きく振って否定したが、布施の疑惑のまなざしが外されることはなかった。

少し気の毒になってきた。

「で？　俺に頼むのか頼まないのか？」

「ぜひお願いします！　カンファレンスルーム押さえてあるんです……っ」

「そう」

明らかに浮かれている工藤に注がれる視線には、諦めと呆れ、それから少しだけ心配そうなものが含まれていた。なかには「ご愁傷《しゅうしょう》さま」と小さく呟く者もいた。

布施から黒いものが出ているのが原因だ。

先に廊下へ出た工藤に続こうとしていると、背中に声がかかった。

「はーるか」

やけに明るい声で呼ばれて振り向き、穂村はそのまま固まった。

目が笑っていない。布施は確かに笑顔だったが、目が非常に薄暗かった。穂村ですらゾクッとするほどだった。

「後で、ゆーっくりお話しような？　朝まで」

それがどんな「話しあい」なのかは確かめるまでもない。やはり関わるとろくなことがないと、犬のように尻尾を振って廊下で待っている工藤を見て、穂村は深い深い溜め息をついた。

はがゆい痕

大学を卒業して新社会人と呼ばれる身となり、身体《からだ》がすっかり社会人としての生活に慣れてきた頃にはもう夏になっていた。

学生の大半が夏休みに突入し、テレビのニュースが連日の猛暑を特集しているのを、双葉《ふたば》はぼんやりと眺《なが》めていた。

今年も連日うだるような暑さが続いている。ただし双葉はエアコンが効《き》いた自宅から車で出勤し、やはり涼しく保たれた会社で一日を過ごすので、猛暑もあまり関係がなかった。

そんな双葉の実父、高嶺綱基《たかみねつなき》が帰国してそろそろ一カ月が過ぎようとしていた。

外はようやく暗くなったのに気温はそう下がっていないらしい。今日もまた熱帯夜だと、気象予報士がうんざりするようなことを言っている。関係ないとは言え、聞いているだけで滅入《めい》ってくる情報だと思った。

「そろそろ行こうか」

「あー……うん……」

時刻は午後六時を十数分まわったところだ。ゆっくりと向かっても約束の時間には十分に間に合うだろう。

これから双葉は高嶺に会うのだ。向こうの状況が落ち着いたので一度食事をしよう、と言われたのだった。

直接ではなく、なぜか朝比奈《あさひな》——どころか会社を通されたが。

あろうことか高嶺は人を使ってＪＳＩＡ《ジェイエスアイエー》に依頼してきたのだ。曰《いわ》く「大事な会談があるのでボディガードを頼みたい」と、朝比奈を指名して。その一方で朝比奈に直接メールを入れ、当日は責任を持って双葉を連れて来るように、と言ってきた。もちろん双葉という名前は使わず「主賓《しゅひん》」なんて言葉で置き換えられていた。

メールを見せられ、依頼のことを聞かされたとき、双葉は頭を抱えた。抱えながらつくづく思ったものだった。

やはり高嶺と朝比奈は、やり方の方向性がなんとなく似ている、と。

どこの世界に息子と食事をするのに、金を払って会社に依頼する人間がいるのだ。いや実際にいるのだから始末に負《お》えない。

「なんだろう、この茶番……」

「気が乗らないか？」

「そういうんじゃないよ。なんていうか……脱力系？　ちょっと違うか……」

酔狂《すいきょう》な人間が金と力を持つとこうなる、という見本なのかもしれない。いま双葉の近くにいる男もそうだ。

とにかくそんなわけで朝比奈はいまから仕事へ向かう。たとえ拘束時間がたったの四時間で、実際は双葉に付きあって食事をするだけだとしても書類の上では立派な仕事だった。

　双葉は鏡の前で身だしなみをチェックした後、じっと自分の顔を見つめた。

　最後に会った頃より少しは大人っぽくなっただろうか。相変わらず童顔なのは仕方ないとしても、まったく変わっていないと思われるのは嫌だと思った。

「どうした？」

「いや……うん。自分じゃ変化ってわかんないなと思って」

「毎日見ていても気付きにくいものだがね」

「だよね。あの頃と同じじゃないといいなぁ……」

　双葉はれっきとした成人で、社会人だ。たとえそう見えなくても大人なのだ。

　ただしスーツは着ない。会社員だが技術職でもあるので、スーツでなくてもかまわないからだ。この道を選んで良かった。双葉はスーツが苦手で仕方ないのだ。

　それはコンプレックスのせいだった。双葉がスーツを着ると、学校の制服か七五三のようになってしまうからだ。人にも言われるし、自分でもそう思っている。

「変じゃないかな」

「問題ないよ」

「よし、行こ」

気合いを入れて鏡の前から離れ、朝比奈と部屋を後にした。

朝比奈の運転で向かった先は、よく行くホテルの一つだ。朝比奈はもともと外食の際、ホテル内のレストランやバーを好む傾向があった。自分の車で行ったときには駐車場があるし、飲んだときにも確実にタクシーが待っているのが楽でいいらしい。

今日は仕事なので酒を飲む気はないのだろう。向かっているのは皇居にほど近いところに建つ歴史あるホテルだ。そう頻繁《ひんぱん》ではないが何度か食事をしに行ったことがあった。

「ホテルと言えばさ、予約取れた？」

「ああ。君の希望通りにね」

今年、双葉たちは夏の旅行を計画している。とにかく涼しいところへ行きたいと主張したら、なぜかカナダへ行くことになった。外国はまったく想定していなかったのだが、初めての海外を双葉はかなり楽しみにしていた。

パスポートを取り、インターネットで調べて泊まりたいホテルを見つけ、観光名所やレストランを調べた。

日程は五日間だ。

去年までは学生だったので長い夏休みがあったが、もう今年からはなくなった。時代が多少変わっても、日本人が長いバカンスを取らないことに変わりはない。双葉の夏休みは八月に入ってから、朝比奈とあわせて取った一週間だけだ。

貴重な休みが、今はなによりの楽しみだった。

三十分ほど走って駐車場に車を預けると、朝比奈はエレベーターで上層階へと双葉を連れて行った。てっきり上層階の和食の店だと思っていたら、途中階のボタンが押された。

「あ……あれ？」

促《うなが》されて下りたのは客室フロアだった。カーペット敷きの静かな廊下を、朝比奈と並んで歩きながら説明を求めた。

「今日は店を使わないそうだ」

「……ルームサービスってこと？」

「さぁね」

「まさか弁当ってことないよね」

高嶺に限ってそれはないだろう。少なくとも適当な食事じゃないことは間違いない。ルームサービスでもコース料理はあるので、このホテルにもあるかは知らないが、多少のゴリ押しはしそうだなとひそかに頷《うなず》く。

「一つ何万円もするような弁当とかも、あの人ならやりそう……」

双葉には想像出来ないが、高嶺ならば馴染《なじ》みの料亭の一つや二つありそうだから、そこに頼んで弁当を……というのも考えられる。

あれこれ想像を膨《ふく》らませながら廊下を進んでいくと、前方に厚そうな曇りガラスで出来た壁と自動扉が見えてきた。

その前に、背の高いスーツ姿の男が立っていた。

近くまで行くと、彼は恭《うやうや》しく頭を下げた。三十歳前後と思われる男は服の上からでもわかるほど鍛《きた》えられた身体の持ち主で、動作にも隙《すき》がない。顔付きも厳《いか》つく、いかにもといった風貌《ふうぼう》だ。間違いなく高嶺のボディガードだ。

「お待ちしておりました」

彼はカードキーをかざし、ロックを解除する。厚いガラスの扉が静かに開いた。

朝比奈は鷹揚《おうよう》に頷いて双葉の背に手を添えつつ先へと進んだ。出迎えの男が続き、さっと先に立って案内を始める。

どうやら特別なエリアに入ったようだ。ほかのホテルで、キーがないとエレベーターのフロアボタンすら押せないような特別フロアを見たが、ここは同じ階でも先ほどの扉で分けているようだ。

緊張しながら歩いて行くと、やがて男の歩調がゆっくりになり、ぴたりと止まった。

「こちらになります」

観音扉《かんのんとびら》を軽くノックすると、ややあって内からドアが開いた。高嶺と同じくらいの年の男は背こそあまり高くないがガッチリとしていて、柔和《にゅうわ》な顔付きをしていた。

扉の向こうは奥行きが二メートルほどのスペースで、さらに観音扉があった。ずいぶんと厳重な造りだと思った。

二枚目の扉をくぐり抜けてようやく部屋だ。そこはリビングルームで、L字型のソファにはこの部屋の主が座っていた。

高嶺は双葉を見て、ふと表情を和《やわ》らげた。

「久しぶりだね」

「は……はい」

数年ぶりに見る高嶺に外見的な変化はなかった。年齢的に当然だろう。人によっては急激に老《ふ》け込むこともあるかもしれないが、高嶺は最後に会ったままだった。懐かしいような、そうでもないような、不思議な感覚だ。

相変わらず穏《おだ》やかそうで知的で、見た目は上品な紳士としか言いようがない。裏の仕事をしていると知っていても、なにかの間違いじゃないかと思うほどに。

「えっと……おかえりなさい」

この言葉が正しいかどうかはわからなかったが、双葉は言いたかったことを口にした。言ってから、まるでずっと待っていたようじゃないかと気付き、少しうろたえた。

高嶺が嬉《うれ》しそうな顔をするからなおさらだった。

「座って」

「はい、失礼します」

「もう少しで食事になるけどね。朝比奈くんもどうぞ」

「正式には、大畑《おおはた》氏の護衛という名目で伺っているんですがね。わたしの護衛対象は、どちらにいらっしゃるんですか」

一応「仕事中」の朝比奈は、まずは立場と目的を主張することにしたようだ。茶番劇は始まっているのだ。

「大畑はキッチンにいるが、調理中は入って来て欲しくないそうだよ。ここのキッチンはあまり広くないものでね」

「なるほど」

朝比奈は鷹揚に頷く。もともと本当に護衛だとは思っていないから、なにを言われてもまったく動じていなかった。

大畑という人物が護衛対象だということを双葉は初めて知ったし、コックだとは思いもしなかった。高嶺がこの食事会のためにお膳《ぜん》立てしたことは間違いないが、大畑なる人物がホテルで雇われている人間かどうかは定かではない。

「同じ部屋にいるだけでも十分護衛の役目は果たせるんじゃないかな」

「そのようですね」

このスイートルームにはキッチンまで備わっているようだ。一体どのくらいの広さで、どのくらいの宿泊費なのか想像するだに恐ろしい。高嶺は今日の会食のために部屋を取ったのだろうか。どうかなにかのついでだと信じたかった。

朝比奈はすんなりと双葉の隣に腰を下ろした。

リビングには双葉と高嶺、そして朝比奈だけしかいない。ここまで案内した男は二つのドアのあいだで待機しているし、柔和な顔の男はダイニングルームで忙《せわ》しなく動いている。給仕は彼がやることになるらしい。

「変わりはないかな？」

「あ、はい。これと言って……」

「社会人になったくらいかな」

「そうですね」

頷くと、高嶺はテーブルの上に置いてあったリボン付の小さな箱をすっと双葉に差し出してきた。

「おめでとう。ささやかだが、就職祝いだよ」

「え、っと……」

これは受け取っていいものだろうか。ここはプライベートな席だし、おそらく現在高嶺関係の調査は請《う》け負っていないはずだ。朝比奈が護衛の仕事を受けているくらいなのだから間違いないだろう。

ちらりと朝比奈を見ると、小さく肩を竦《すく》められた。

「いまさらだな。さんざん貢《みつ》がれて来ただろう」

「み……貢ぐとか言うなっ」

確かにこの数年、双葉は数々の贈りものを受け取ってきた。高嶺ではない名前で、誕生日やクリスマス、そして正月などに。贈られたのは主に服飾品だったが、高いコートや靴《くつ》やバッグも含まれていて、そのたびに恐縮していたものだった。

双葉はプレゼントを手にし、高嶺を見つめた。

「ありがとうございます。開けてもいいですか？」

「もちろん」

ラッピングを解いていくと、銀のロゴが入った黒い箱が出てきた。それを見た途端、双葉はぱっと顔を上げた。

目があうと高嶺はふっと笑みを見せた。

「欲しがっているんじゃないかと思ってね」

まったくその通りで、思わず音がしそうなほど勢いよく何度も頷いた。

これはアメリカの時計メーカーが限定発売した腕時計で、時計としての機能はもちろん単体で通信も出来、カメラや録音機能まで搭載しているものだ。それでいてサイズは普通の腕時計となんら変わりない。それも女性が付けていても大きすぎることはないサイズだ。日本での発売はまだで、ようやく来月予約が始まるところだった。

「日本語対応じゃないが、問題はないだろう？」

「はい」

「分解してみてもいいからね」

「え……」

すこしぎくりとしてしまった。単純に欲しかった部分もあるが、双葉は中身にとても興味があり、頭の隅《すみ》でちらりと内部を覗《のぞ》いてみたいな、と思っていたのだ。あるいは顔にはっきり出ていたのかもしれない。

「君にあげたものだ。好きにしていいんだよ」

「だ……大事に、します」

分解はしない。ただちょっとだけ中身を見るだけだ……と心のなかで言い聞かせ、双葉は箱の蓋《ふた》を戻した。

値段のことは考えないことにした。まさか返すわけにはいかないし、以前誕生日に何十万もするロードバイクを贈ってきたのに比べたら可愛《かわい》いものだ。

朝比奈曰く「養育費だと思えば安すぎる」から遠慮することはないそうだ。それに同意するかはともかく、せっかくのプレゼントはありがたく受け取ることにした。

実は双葉が二十歳《はたち》のときにとある弁護士から連絡があり、「実父が二十年分の養育費を払う意思がある」と言われたのだが、もちろんそれは辞退した。当人の気持ちも足して三千万円だと言われて逃げてしまったのだ。

だが高嶺は諦《あきら》めず、都内にある不動産――小規模な駅近のマンションで、継続的に家賃収入が見込める物件――の経営会社を造り、その代表取締役を双葉にするという荒技《あらわざ》を繰り出した。養育費を断ったら余計にすごいことになってしまったのだ。しかもなにをどうやったのか、贈与税だのなんだのという問題も起きないように。

諦めろと言ったのは朝比奈だったか穂村《ほむら》だったか。あるいは両方かもしれなかった。

しかも高嶺はいくつも持っている会社の一部を使い、仲江《なかえ》に積極的な投資を行っている。おかげで仲江の町はかなり活気があった。

加減がわからないらしい男は、にこにこしながら双葉を見つめている。

「無事に就職出来てよかったよ」

「はい」

「わたしのことが障害になるんじゃないかと心配だったのでね。朝比奈くんが圧力でもかけてくれたのかな？」

「特になにも」

すました顔で返す朝比奈を、高嶺は意味ありげに見つめている。

「誰がなにを言わなくても、勝手に配慮してくれそうだね」

高嶺は楽しげに笑っているが、双葉は笑えなかった。いかにもありそうな話だったからだ。

朝比奈はＪＳＩＡの看板エージェントという以外に、いろいろと重い立場なのだ。いい意味でも悪い意味でも。

一つ間違えば犯罪者の恋人と、実際に犯罪者の父親を前に、双葉は深い溜《た》め息をついた。


午後二時近いＪＳＩＡの食堂は、時間帯がずれていることもあって利用する人は少なかった。

双葉は魚定食を持って席に座り、黙々と一人で食事を摂《と》った。今朝は弁当を作る気力もなかった上、唐突に魚が食べたくなって食堂に来たのだった。

食堂の壁には大きなスクリーンがあり、常にニュースを流している。国内だけでなく海外のニュースがリアルタイムで見られるわけだ。このスクリーンはミーティングの際にも活躍するように出来ているが、果たしてそんな事態は訪れるのだろうかと考えてしまう。いや、訪れないほうがいいに決まっているが。

「ここ、いいか？」

調査員の原《はら》が、双葉を見かけて同席を求めてきた。入社前からの顔なじみだし、いろいろと世話になった人でもあるので、異論はなかった。

「ぼっちメシか」

「原さんだって」

「あーサバ味噌《みそ》も美味《うま》そうだな。そっちにするべきだったか……」

ＪＳＩＡのベテランエージェントは朝比奈と同年代で、本人曰く繊細な案件は苦手らしい。メインに据《す》えられるよりも指示を受けるほうが楽だとも公言し、大きめの事件の担当者の一員として入ることが多いようだ。もちろん十分に優秀なので、朝比奈担当の依頼に協力することも多かった。

「暇なんですか？」

「昨日ちょっと膝《ひざ》やっちゃって、当分内勤よ」

歩いている姿に違和感を覚えなかったので、原の告白に驚いてしまった。

「だ、大丈夫なんですか」

「一週間くらい安静にって言われてる。ま、ようするに走ったり長距離歩いたりすんな、ってことなんだけどな」

「そうだったんですね……」

「別に朝比奈の案件から外されたわけじゃないぞ。社内にいたってやれることはあるからな」

「はい」

現在朝比奈は数人の調査員と動いている最中らしい。依頼内容も詳細な人数も知らないが、布施《ふせ》と穂村が同チームにいることはわかっている。

そして内容は知らなくても、どういう案件かは薄々感づいていた。

「いよいよ本格始動かね……」

なにが、と問うまでもなく理解出来てしまう。帰国後しばらくはおとなしくしていた高嶺が裏の仕事に本格着手したのだ。

朝比奈の帰宅時間は遅くなり、ここ最近朝しか顔をあわせていなかった。

「お、なんてタイムリーな」

原の視線を追うと、海外のニュース番組だった。だが扱っているのは近々あるだろうと言われている日本の衆議院選挙についてで、なぜか高嶺の映像が流れていた。

なにかの式典に出た際の映像で、高嶺の胸には花が挿《さ》してあった。

「……選挙、出るんですか……？」

「噂《うわさ》というか、推測の段階だな。目玉候補の一人ってやつだ。ほかにも芸能人やら学者やらが挙《あ》がってる。噂はずっとあるんだよ。それこそ十年以上前からな。ただ親父が現職だから、それほど大きく取り上げられなかっただけでさ」

「ああ……でも、別に同じとこから出る必要ないですよね？　衆参で分かれればいいだけだし、別の選挙区に行ってもいいわけだし」

本気で政治活動がしたければ、とっくに立候補していたのではないだろうか。いまだに経済界にいるのは、その気がないからだろう。

暗にそう告げると、原は「うーん」と唸った。

「ところが親父の健康状態が悪化してるらしいんだよ。で、地盤を譲るんじゃないかって話が急浮上してる。もしそうなら当選確実だ。いや、別に地元票がなくても普通に当選しそうだけどな」

なにしろ実業家の顔を持ち、福祉活動にも熱心なことで知られているのだ。その上ルックスもよく、女性受けもする。離婚歴はあるものの、女性関係でトラブルを起こしたことはないようで、そのあたりが高嶺の足を引っ張ることもない。

「真っ黒なのに……」

「真っ白な政治家なんて、大抵なんにも出来ないぞ。よくも悪くも、ただいるだけだ。多少金に汚くても成果が出せる政治家のほうがいいと俺は思うけどね」

「高嶺さんはそっちですか？」

「どうかな。なってみなけりゃわからんが……なると思うか？」

「いえ」

あの男が政治家になるとはとても思えない。現時点ですでに大きな力を手にしている彼が、わざわざ不自由な立場に身を置く必要はないからだ。彼にとって公人になるなんてリスクでしかないはずだった。

原は大きく頷いた。

「わざわざそんなことしなくたって、もう何人も現職議員を操ってるしな。親父の後を継いで議員になるのはたぶん秘書だろうが、やつも間違いなく高嶺の子飼《こがい》になるだろうし」

「……怖い人ですよね……」

あらためて別世界の人なんだと実感した。海外のニュースにも取り上げられてしまうような立場にある人なのだ。

少し寂《さみ》しいのは、それだけ高嶺との距離が縮まったように感じていたせいだろうか。先日の食事の席で、他愛もない話をしたことを思い出して苦笑したくなった。

黙って口を動かしていると、原の視線が流れていった。

「津島《つしま》だ」

「え？　ああ……最近どうなんですか？　あんまり話聞かないですけど」

「相変わらず『向こうでは―』とか『ＦＢＩは―』とか言ってるけど……まぁ、口に出す頻度は減ったかな。ま、頭んなかでそう思ってるのは間違いないわ」

「なるほど……朝比奈にも相変わらず？」

「みたいだな。前みたいに絡《から》んでくることはないんだが、やたらと気にはしてるし、それなりに実績も出してるせいか自信満々だ」

　一時は現実の見えていない工藤《くどう》よりはマシじゃないかという声もあったらしいが、その工藤が一応折りあいを付けつつあるので、結局現在は津島の悪い部分が目立っているらしい。

「おっ、来たぞ」

　原は揚げものがメインの定食をもうすぐ食べ終えそうだった。双葉だって遅いわけではないのに、まだ半分くらい残っていた。

「僕もいいですかね、ここ」

　津島はトレイを手に、空《あ》いた椅子《いす》の背をつかんでいる。返事を聞く前から座る気でいるのは間違いなかった。

　またかと思った。よほど知りあいがいないらしい。

津島と最後に話したのは、朝比奈と一緒にホテルのロビーで会ったときだ。さすがに気まずいのか、あれから話しかけて来ることはなかったのだが、いまの津島からそういった空気は感じられない。単純に用事がなくて話しかけなかっただけかもしれなかった。

「西崎《にしざき》に任せる」

「ど……どうぞ」

心のなかで原に「ずるい」と言いながら、双葉はとりあえず了承を示した。苦手な相手だが、それを面と向かって言うほど子供ではないし、どちらかと言えばものごとは穏便にすませたいタイプなのだ。わざわざ波風を立てる気はなかった。

津島はサラダとハヤシライスの昼食だった。

「そう言えば、朝比奈さんは急がしそうだね」

「あー、はい。わりと」

双葉が頷くと、津島はちらりとテレビを見た。

「もしかして高嶺綱基絡み？」

「さぁ。依頼内容は知らないので」

「ふーん」

どこか不満そうな声が聞こえたが無視して食事を続け、双葉は傍観者と化している原を足の爪先で軽く突《つ》いてみた。

だが原は涼しい顔で茶を飲んでいる。口を挟《はさ》む気はないようだった。

「そろそろ僕に声かけるかと思ったんだけど……朝比奈さん、なにか言ってなかった？」

「別に。そういう話、しないので」

「そうなんだ」

不満そうな顔で津島はサラダを突《つつ》く。相変わらず顔に出やすく、他人ごとながら心配になって来た。こんなに感情を隠せない人なのに、仕事に支障はないのだろうか。あるいは仕事とプライベートを分けているのだろうか。

（そんなに器用でもない気もするし……）

年の近い布施たちと比べて、どうにも彼は子供っぽいのだ。はるかに年下の双葉に言われたくはないだろうが。

「まだ三カ月ちょいしかたってねぇだろ。なに言ってんだよ」

言外にまだ早い、と原が言うと、津島は露骨に眉《まゆ》をひそめた。不愉快だ、と顔に書いてあった。

仮にも先輩に向けてそれはないだろうと思ったが、津島は年功序列を重要視していないようだ。さすがに口調はそれなりの体裁を保っているが、表情が全部台無しにしているのだ。上下関係より実力主義なのが悪いとは言わないが、実績のない新人には新人らしい態度があるはず、とも思う。現に実績でも実力でも、原のほうがずっと上なのだから。

しかし当の原は特に気にしていないようだった。

「もっと仕事の数こなして、成果出してからだな。そのうち呼ばれるって」

「そのうち、ね」

「工藤とどっちが早いかな」

「あれと一緒にされても困るんですけどね」

「おいおい。なんだその上から目線は。言っとくが、あいつの実技試験の評価はおまえより上だからな。俺はどっちも立ち会ってたんだから間違いないぞ」

ＪＳＩＡの実技試験には調査員が立ち会うものらしい。試験官は別にいて、それも調査員なのだが、立会人は目立たないところから見ているものだという。

津島は少なからずショックを受けている様子だったが、すぐに吐き捨てるように言った。

「それは……まぁ、ある意味当然ですよ。あいつは警察官だったんでしょ？　エージェントはこっちのほうが重要なんじゃないんですか？」

津島は自らの頭を指で突く。頭脳では自分のほうが上だと言いたいわけだった。

原は溜め息をつき、それ以上はなにも言わなかった。納得したというより、もう面倒になってしまったようだ。

　津島は前者と受け取ったのか、ますます口が滑《なめ》らかになった。

「ま、そのうち来るかなとは思ってますけどね。まずはチームの一員として高嶺案件を解決しないと、僕個人に急に来ることもないだろうし」

「え？　そっちの依頼欲じいんですか？」

「興味あるんだよね、高嶺綱基に。会ってみたいし」

　原の視線を感じたが、双葉は視線を返すことなく苦笑した。

「どうしてですか？」

「個人的には彼を評価してるんだよね。どんな世界だって、大物って言われてる人は多かれ少なかれ後ろ暗いところはあるものじゃないか。企業家としても立派なものだし、裏の活動はもっと見事だよ。なんだかんだで国益になることも数多くしてるしね」

「でも定期的に依頼が来るってことは、それだけ困ってる人もいるってことですよね」

「ほとんどが個人じゃないんだろ？　ライバル企業か、警察か……。でも警察だって、高嶺の致命傷になるような事件は依頼して来ないみたいだし」

「おいおい、どこからそんな話を聞いてきた？」

　話の内容が依頼にまで踏み込んできた途端、原は黙っていられなくなったようだ。必要がなければ過去の案件については閲覧出来ない仕組みだからだ。手がけている案件に関連があると思えば、固有名詞や用語、あるいは日付などで検索し、ヒットしたファイルを申請して見ることは出来るのだが、津島にそんな機会があったとは思えない。

「そんな怖い顔しないでくださいよ。ＪＳＩＡ内部からじゃないですよ。親の知りあいに警察関係者がいて、その人からです」

「口が軽いな」

原は舌打ちをせんばかりに顔をしかめる。

「僕がＪＳＩＡに入ったから、当然知ってるものとして話してくれたんですよ」

「なるほど。その知りあいはＪＳＩＡの規約を知らないんだな」

「興味がないんでしょう。問題を起こさず勤め上げることだけを考えてるような人ですからね。一応キャリアなんですが」

「ああ、わりとよくいるタイプだな」

「高嶺のことも、その人からいろいろ聞きましたよ。聞く限りじゃ完全にマフィアですよね。ほらマフィアって表向きは名士だったりするじゃないですか。ハイソサエティで」

「確かにな」

なんとか食べ終わっていて正解だった、と双葉はひそかに思う。高嶺の裏の顔は知っていても、マフィアという言葉は衝撃で、聞いていたらきっと喉《のど》を通らなかっただろう。

だが下向き加減に茶を飲んでいるおかげで、双葉の変化に津島は気付いていない。話し相手が原に移っていたのも幸いだった。

給茶機から出てくるほうじ茶は色こそ少し薄い程度だが、味は薄いし香りはほとんどしない。もう少しなんとかならないかな、と現実逃避のように思った。

「高嶺が政治家になれば、もっと上手《うま》く国が動くんじゃないかと思うんですけどねぇ」

「政治家になったら、マスコミが放っておいちゃくれないだろう。あれだけ後ろ暗いところがあると、マズいんじゃないか」

「そんなものは抑えますよ」

「抑えきれるとは限らないぞ。たまに妙に気概のあるやつもいるからな。いまは公人じゃないから裏まで暴こうなんてやつはいないが……」

「裏の顔はどの程度知られてるんですかね？」

「ほとんど噂程度だな。なにしろ証拠がない。酒の席での話ならともかく、下手すりゃ名誉毀損《めいよきそん》だ。過去にネットで書き込んで訴えられた事例もあるしな。大抵は放置なんだが……」

「離婚したのも子供いないのも、そのへんの事情なんですかね」

「さぁな」

原は顔色一つ変えずに素っ気なく言い放つ。双葉の前でこの話題は避けたいのだ。なにしろ双葉の母親は、高嶺の立場や背景を気にして黙って身を引いている。当時は高嶺も学生で、親の決めた相手と結婚せざるを得ない状況だったからだ。当然ながら学生だった彼は、まだ裏の世界になど足を突っ込んではいなかった。

もし母親が双葉を身ごもっていることを高嶺に打ち明けていたなら、未来は変わっていたかもしれない。高嶺は母親を探したというし、いまは双葉を彼なりに大事にしてくれる。結婚は無理でも、双葉の存在があれば裏の世界になど踏み込まなかったかもしれない。

仮の話に意味などないけれども。

(それに……もしそうなってたら、きっと朝比奈には会えなかった)

そう思うとこれでよかったと思えてきて、双葉は小さく息をついた。


朝比奈の様子が少し変だと気付いたのは、彼が先日の案件を片付けて、三日ばかりの休暇に入った初日のことだった。

一見普段と変わりないのだが、なにかを考えている時間が多い。ときおり双葉の顔を見ては、視線を外してまた考え込む。そんな感じだ。

不満なのか、疑念なのか、あるいはただの違和感なのか。とにかくなにかが納得出来ない、といった感じに思えた。

「珍しいね」

ソファに並んで座って寛《くつろ》いでいたというのに、朝比奈はまったくそういった雰囲気ではなかった。

せっかくの休みなのに、これではなんだか休んだ気がしない。

今日は予定もなく、家でのんびり過ごそうと決めていたのだ。外が暑すぎて出かけたくない、というのもあったが。

指摘すると、朝比奈は意外そうな表情を浮かべ、それからわずかに苦笑した。出会った頃の双葉なら気づけなかっただろう変化だった。

「少々、肩すかしを食らっている気分でね」

「それ、昨日の……？」

朝比奈が担当した案件は、予想外に早く片付いたようだ。大方の予想よりも動いていた金が少額で、やり口もずさんだったという。ニュースにもなったオーナー商法は被害総額が五億と言われ、犯人グループは逮捕されたものの、金のほとんどはもう戻ることはないだろうと見られている。逮捕された容疑者たちはすでに使ってしまったと供述しているそうだ。

「五億で少額っていうのが、ピンと来ないんだよね」

「オーナー商法はもっと高額になることも珍しくないんだよ。それよりもやっつけ仕事のようなやり方が気に入らない」

「気に入らないって……」

朝比奈の言うことがよく理解出来なかった。犯罪なのだから緻密《ちみつ》だろうとずさんだろうと、どちらでもいいような気がする。むしろずさんなほうが尻尾をつかみやすくていいはずだ。

「朝比奈って犯罪に美学みたいなの求めてんの？」

「どんな勘違いをしてるんだか……」

「いや、だってあんただったら、そういうのもありかなって」

「相変わらず君は、わたしという人間を誤解しているね」

「わりと正しいと思ってるけど。えーと、じゃあなに？　どういう意味？」

呆《あき》れられるのは慣れているが、失笑までされたら言い返したくもなる。意味を聞いてやろうじゃないかと促《うなが》した。

「高嶺らしくないと言っているんだよ。日本にいなかったあいだも、いつになく活動がおとなしかったしね」

「ふぅん……」

以前とはなにかが違うということらしい。ふと食堂で見たニュースと原の話を思い出した。

「もしかして本当に立候補しちゃうのかな」

「確かにそういう話も出ているが……」

「朝比奈もそうは思わない？」

「あの男が議員になりたがるとは思えないね。その気があるなら、とっくに政界に入っているはずだ。父親の秘書なりなんなりね」

「だよね。でも気が変わったとかさ……ない？」

双葉としては朝比奈の意見を聞いておきたかった。自分の考えも原の考えもだいたい一緒だったが、思考パターンの似ている者の意見はことさら重要だと思った。

政治家になって欲しくないと双葉は思っている。常に人目にさらされる立場になれば、いまよりもっと会えなくなるし、公人となることで裏の顔が暴かれてしまう可能性が高まるからだ。

ささやかな感傷と言われればそれまでだが、双葉は高嶺にこれ以上遠い存在になって欲しくなかった。

朝比奈はきっぱりと断言した。

「メリットがない」

「う……うん。原さんもそんなようなこと言ってた……」

「あの男が、いまより身動きが取れなくなるような道を選ぶわけがないんだよ。むしろ……いや、ないな」

今日の朝比奈は本当に珍しい。言いよどんだり言葉を呑《の》み込むなんて、まずないことだった。それほどに高嶺の行動は不可解だということだろう。

「そう言えば、前に高嶺さんのやってることは必要悪、みたいなこと言ったよね？」

「ああ」

「もし高嶺さんがちゃんとした仕事だけに専念するようになったら、やっぱりいろいろなところが荒れる？」

双葉は以前、こう説明された。高嶺がある意味「お行儀のいい犯罪行為」をすることで、ある程度の秩序が保たれているのだと。いまでも納得はしていないが、それが事実ならば先ほど双葉が懸念《けねん》した事態になるはずだった。

「部分的にはそうなるだろうな。ただし高嶺は表の仕事も一部グレーゾーンだ」

「え……？」

「珍しいことじゃないよ。節税や税金逃れにはいろいろ手段があるからね」

津島も同じようなことを言っていたし、双葉だって多少のことは知っているつもりだ。誰もが知っている有名な経営者や会社も、そうそう真っ白なんてことはないのだと。

「あれだよね。法律には引っかからないけど、道義的にはアウト、みたいな」

「高嶺はもともと、表と言われてるほうの仕事でも相当裏金を作ってるようだし、それをまわすだけでも十分じゃないかな」

「よく捕まらないよね、ほんと……」

「本人の狡猾《こうかつ》さと人脈のなせる技だね」

「きっと昔はそんな人じゃなかったんだよね……」

双葉が大好きだった母親が、ただ一人好きになった男だ。学生時代の高嶺はきっと非の打ち所のない男だったに違いない。絶対にそのはずだ。

しかし朝比奈は軽く笑った。

「本質は変わらないだろうね」

「えー？　でもお母さんと付きあってた頃は学生だったんだよ」

「当時はまだ罪を犯していなかったかもしれないが、それならばわたしも同じだ」

「……どういう意味で言ってんの」

朝比奈の言葉は抽象的過ぎて、どこを指して「同じ」なのか絞れない。つい声が低くなってしまった。

「君の母親も、すべて承知で高嶺に惚《ほ》れたということだよ。さすがは親子だ。好きな男のタイプも同じというわけか」

「なっ……」

確かに朝比奈と高嶺はよく似ている。そして互いにそれを認めてもいる。だが親子で同じ趣味だなんて、あまり嬉しくない指摘だ。

「客観的に見て、高嶺はいい男だと思うよ。悪い男でもあるがね」

「それって自分もそうだって言ってる？」

「評価は君に任せるよ」

薄く笑う恋人は自信に充ち満ちている。癪《しゃく》に障《さわ》ったので、ここは肯定しないことにした。

「悪い男じゃないけど、厄介な男だよね」

「それでも好きだろう？」

「趣味悪いからね！　お母さんも……お母さんは、そうでもないかも……」

どんな関係だったのか詳しくは知らないが、高嶺ならば恋人をからかったり皮肉を言ったり、夜に泣くまで責めたりはしない気がする。むしろひたすら優しい恋人だったに違いない。息子として、母親の愛した人はそうだったと信じたかった。

「そういう意味ではSっぽくないような気がするんだ。高嶺さんはね」

たとえ数々の犯罪行為を指示する男であっても。逆にそれを摘発する側の朝比奈は、誰が見てもSなのだが。

「わたしとは違って？」

「そう、朝比奈とは違っ……」

はっと息を呑み、恐る恐る朝比奈を見た途端、ヒッと悲鳴を上げそうになった。実にいい笑顔を浮かべていたからだ。

「よくわかった。では期待に応えようか」

「期待してないです！」

無駄とわかっているのに身体はとっさに逃げようとし、案の定あっさりと捕まった。まだ日も高いというのにそのまま押し倒されて、真上から楽しげに見下ろされる。

機嫌は悪くなさそうだし、もとより心配はしていない。なにがあろうと、この男は八つ当たりなんてしないとわかっているからだ。

しかし、根っからのいじめっ子なのは紛れもない事実だった。

「さて、どうしようか」

「このまま放してくれると嬉しいなー、と」

「それではつまらないだろう」

「で、出かける？　そうだ、そうしよう。ドライブしよう！」

「どこへ？」

「えっ、えーと……どこでも」

とにかくこの場を切り抜けねばと、焦《あせ》りつつも会話を繋《つな》げていく。黙ったら最後だ。そのまま美味《おい》しくいただかれてしまう。

「では選択肢を三つ。このまま抱かれるのと、ドライブ先でカーセックスと、適当に人のいない場所で青姦《あおかん》。どれがいい？」

ひどい選択肢に気が遠くなりそうになった。双葉にとっては選択肢なんて一つしかないも同然ではないか。

そして朝比奈に相当毒されている双葉は、すべて却下という考えが浮かばない。仮にそう言ったところで、最終的に一番目になることは確実なのだが。

「……こ、このままがいいです……」

「いい子だ」

なんでこうなった、と心のなかでぼやきながらキスを受け入れる。そうして双葉はエアコンが効いた室内で、熱に身を焦《こ》がされるはめになるのだった。

「もう夏バテ？」

どこか調子の悪そうな双葉を気遣《きづか》い、朝からいろいろな人が心配してくれている。仕事帰りに食事の約束をしていた鈴本《すずもと》もそうで、ゆっくりとした歩調にあわせつつ、顔を覗き込んできた。

「夏バテってほどじゃないけど……ちょっと疲れてるかも」

「風邪気味とか？」

「うーん、でもたいしたことないから大丈夫」

曖昧《あいまい》にごまかして、重たい足をなんとか前へ進めていく。疲労感はいまだに抜けないし、寝不足で少しふらふらするものの、病気ではないとわかっているので気合いでなんとかした。

朝比奈のせいで今日は朝から――いや、昨夜からさんざんだ。

なにも朝までしたとか常軌を逸した回数になったとかいうわけではないのだが、そこはやはり連日の暑さに参っていたのだろう。いつになく体力が奪われてしまった。

自分が休みなのをいいことに双葉をさんざん堪能《たんのう》し尽くした男は、責任を取って出勤するわけでもないのにＪＳＩＡまで送ってくれた。ただし反省の色はなかった。出会ってから数年、朝比奈が双葉にあれこれしたことで反省した事実は一度もないのだ。

やがて双葉たちは、とある雑居ビルの前で立ち止まった。

「うん、あんまり変わってないね」

今日はかつてのアルバイト先〈美《み》づ木《き》〉という店にやって来た。先日話していたときに懐かしいねという話になり、その流れで食べに行くことが決まったのだ。

「ここっていまでも、その……あの人が関わってるのかな」

以前ここは高嶺と深く関わりがあった。オーナーは別人だが高嶺の息がかかった人物で、あろうことか高嶺はその人物になりすましてこの店に顔を出していた。双葉とも最初は、偽名で関わってきたのだ。

「オーナーは代わったみたいだけど、やっぱりあの人の知りあいみたいだよ」

「そうなんだ」

「ホームページで見た限りだとコンセプトも変わってないみたいだし」

チェーンの居酒屋とは一線を画すここは和食店としてはカジュアルなほうだが、学生の身では少しばかり敷居が高かった。社会人となったいま、少しだけ入りやすくなったような気がしている。

「……鈴本は……」

「ん？」

「いまもあの人と、繋がりがあるの？」

「直球だね。ようやく、って感じだけど」

鈴本の笑顔に後ろめたさのようなものはなかった。その事実にほっとした。

「やっぱり聞きづらくてさ」

「ま、そうだよね。うん、君と同じだよ。もう俺はＪＳＩＡの社員だから」

「そっか」

まったくの無関係ではないが、社員としてのモラルや意識が優先される、ということだ。高嶺も無理なことは言わないのだろう。

予約をしてあったので店に入るとすぐに席へと通された。店内は満席に近く、空いているのは予約席だけのようだ。

「知ってる人、誰もいないね」

「そうだな」

少なくとも今日のフロア係のなかに見知った顔はない。

「メニューも結構変わったね。同じのもあるけど」

「懐かしいな」

二人でメニューを覗き込んでいると、誰かがテーブルに近付いてきた。顔を上げ、双葉と鈴本は同時に啞然《あぜん》とした。

「俺たちもいいかな」

「満席らしいんだ」

津島が当たり前のようにそこにいて、隣には少しバツが悪そうな顔をした工藤がいた。

疑問がいくつも一気に脳裏《のうり》に浮かんだが、なにか言う前に双葉の隣には津島が、鈴本の隣には工藤が座った。

四人掛けの席だから狭いということはないが、こちらが返事をする前に座るのはどうなのだろうか。バツが悪そうな工藤も躊躇《ちゅうちょ》せず座っていたので、相席自体には疑問を抱いていないようだ。いや、この場合は相席ではなく、仲間に加わった状態なのだろう。

「悪いね」

「……いえ」

「あの、どうしてここに？」

双葉が尋《たず》ねる前に鈴本が切り出した。すると悪びれる様子もなく津島は笑った。

「いや、君たちが連れだって帰るのを見かけたから、せっかくだし同期で飲んで親睦《しんぼく》を深めるのもいいかと思ってさ」

「いやいや、見かけたって言いますけど、ここ会社から離れてますよ？」

電車を使って数駅の場所にあるのだから、たまたま近くで見かけたなどということはあり得ない。

可能性はゼロではないだろうが無理があった。

「つまり会社の近くからつけてきたってことですよね？」

「尾行の練習がてらね。気付かなかったろ」

「気付くわけないじゃないですか」

津島も工藤も実にあっけらかんとしていた。津島はゲーム感覚で尾行していたように見えるし、工藤は上手くいったことを喜んでいる。

そんな二人をよそに、双葉と鈴本は引いていた。当然の反応だ。

「それで、二人はなんで一緒に？」

少し前に派手に言い争いをしてから、その仲はぎくしゃくしていたのではなかったか。工藤は津島を避けていると聞いたし、津島は本人のいないところで工藤を見下す発言をしていたのに。

「相互理解が足りないということになって、少し話しあうことにしたんだよ」

「まぁ、俺もいろいろ思うところがあって……いや、実は原さんが二人で行ってこいって言い出して。それで……」

「なるほど」

原のお膳立てと聞いて納得した。同期の新人二人がまったく歩み寄らないことを危惧《きぐ》したらしいが、二人だけで送り出して余計に関係が悪化したらどうするつもりだったのだろうか。そこまで子供ではないと信じたのか、あるいはただの丸投げか。どちらもありそうな気がした。

「それにしても、いい店知ってるね」

「昔、バイトしてたんです」

「どっちが？」

「どっちも」

「へぇ、バイト仲間だったのか」

「もう知ってる人は誰もいないみたいですけどね」

おしぼりを持ってオーダーを取りに来た店員に、それぞれ飲みものを告げた。ユニフォームは変わっていなかった。

「あれ着てたの？」

「はい」

「ふーん。そう言えば僕、アルバイトってしたことないな」

メニューを広げて眺めながら津島はなんの気なしに呟《つぶや》いた。

「一度も？」

「うん」

「というか禁止されてたんだよ、家から。学業に専念しろって」

実家が資産家らしいとは聞いている。津島によると、とくに母親が教育熱心でうるさかったようだ。留学をしてそのまま向こうの研究室にいたのも、自由を得るためだったらしい。

「それで卒業しても帰らないって言ったときも少し揉《も》めてね。勝手にしろって父親も怒鳴るし、あれは大変だったな」

「それでもバイトしなかったんですか？　生活費とか、どうやってたんですか？」

「普通に仕送りがあったからそれで」

「え……」

「しかもこっち戻って来てＪＳＩＡに就職しちゃったから、当分実家の敷居は跨《また》がせない……ってことになっちゃってるんだよ。勘当みたいな感じかな」

話の内容のわりに津島の口振りは軽いし表情も明るい。現在はマンションを借りて住んでいるようだが、帰国してしばらくはホテル暮らしだったのだから金銭的にはかなり余裕があるのだろう。

「でもそれって勘当と言えるんですか……？」

鈴本の疑問は双葉も感じたことだったし、無言で頷く工藤も同じ気持ちだったようだ。

「はは。ま、親の口癖みたいなものかな。そのうち怒りも収まるし」

なんとも言えない気分になったところで飲みものが運ばれてきて、いったん話は中断した。料理をいくつか頼んで店員が下がると、また津島が口火を切った。

「工藤の両親はなにしてる人なんだ？」

「うちは二人とも教師ですよ」

「へぇ。鈴本は？」

「会社員です。それよりやっぱりこれも食べたいんで追加オーダーしていいですか。ついでになにかあれば一緒に言いますけど」

鈴本はメニューを工藤に差し出し、話を逸らすように食べたい料理名を挙げた。

双葉に質問の順番がまわらないようにしてくれたのだ。鈴本も両親が離婚しているが、それは一言そう言えば終わるだろう。だが双葉の場合、父親はいないことになっている。それを正直に言えば津島あたりは興味本位で聞きたがりそうな気がしたし、亡くなったことにするのは気が引ける。当然本当の父親のことなんて言えるはずもない。

双葉はひそかに鈴本に感謝した。その後で、離婚したことにでもすればいいのかと思い至ったが。

「ところで津島さんのお父さんは、なにをなさってるんです？」

「うちは不動産で、マンションとか商業ビルとかをいくつか持ってるよ。祖父が昔、議員をやっていてね、本当は父が継ぐはずだったんだけど、いまの仕事がやりたいって言って、祖父の後は叔父《おじ》が継いでるんだ」

「ああ……そうか、津島逸郎《いちろう》氏ってもしかして」

鈴本はすぐに思い至ったようだが、双葉同様に工藤もわからないようだった。名前の挙がった人物が津島の祖父なのか叔父なのかも不明だ。

「すごいね。すぐわかるんだ？」

少し嬉しそうな津島に、鈴本は淡々と言い放つ。

「ええ、まあ。うちも伯父《おじ》が代議士なもので」

「え？」

「鈴本勇《いさむ》と言いまして」

「あ、それなら俺だって知ってるぞ」

「僕も。いまの官房長官だよね」

身内に大物がいるようなことは聞いていたが、いまのいままで結びつけることもなかったのだ。そこまで興味がなかったと言えばそれまでだが、鈴本という名前はそこまでありふれてはいないのだから、もっと早く気付いてもよさそうだったのに。

確かその官房長官が、高嶺の父親の派閥に属しているのではなかっただろうか。以前そんなことを聞いたことがあった。

やはりいまでも鈴本と高嶺の糸は切れてはいないのだ。

「実は鈴本もお坊ちゃんなんだろ」

「否定はしません」

工藤にからかわれても鈴本は涼しい顔だ。

ふと津島に目をやると、彼は黙ってビールを飲んでいた。先ほどまでの勢いはなく、グラスを置くとメニューを広げ始める。

とりあえず身内自慢はやめることにしたようだ。政治家のことはさっぱりわからない双葉だが、鈴本の身内は津島をおとなしくさせるには十分な存在だったらしい。

「お待たせしました。シーザーサラダとお刺身三点盛りです」

「おーサーモンだ」

工藤は機嫌良く箸《はし》を割って好物らしい刺身に手を付けた。向かいに座っている津島のことなどまったく気にしていないように見えた。

津島はシーザーサラダを小皿に取って食べている。積極的に話していた津島が黙ったことで、気まずい沈黙が支配していた。

料理が運ばれてくるタイミングはちょうどいいはずだったのだが、会話が乏《とぼ》しいせいか食べるスピードは早く、何皿めかに来ただし巻き玉子の最後の一切れがなくなってしまった。

店員が来たのはそんなときだった。

「和牛の網焼き、わさびソースです」

「あれ、頼んでないですよ?」

しかも四皿も運ばれてきて、全員で困惑してしまう。和牛の高ランクを使ったこの料理は双葉たちが働いていた頃からあり、スライスした牛肉が五切れほどなのに、結構な値段がするのだ。

「いえ、オーナーからのサービスでございます」

「はい？」

店員はほかの客に聞こえないように小声で告げると、一礼して戻っていってしまった。

「まさか……」

鈴本がもの言いたげに双葉を見たが、言葉を呑み込んで料理を見つめた。それから店内にちらりと目を走らせる。

だが席が仕切られている内装なので、なかなかすべてを見まわすことは出来なかった。

「知ってる人、いたんじゃないか？」

「いやでもオーナーって言ってたよね？」

工藤と津島それぞれの問いに、双葉たちは返事が出来なかった。オーナーという人物は知らない。だがその裏にいるだろう人は知っている。

双葉ははっとして隣のテーブルを見た。予約席のプレートが置いてあるのをじっと見ていたら、鈴本も気付いてごくりと喉を鳴らした。

そのとき店内の空気が少し変わった。

「来た……」

鈴本が声に出さず口だけ動かして呟き、双葉はこちらに向かって歩いてくる人を——高嶺を見て脱力してしまった。

なんだろう、この人は。双葉が予約を入れたのを知って手をまわして、わざわざもう一つ席を押さえて料理まで手配して。

おそらく近くで飲んでいる会社員ふうの人たちも部下なのだろう。以前もこんなことがあったな……と双葉は遠い目をした。

「たっ、高……」

津島は目を白黒させていたし、その声に振り返った工藤は固まっていた。

高嶺は店員に案内されて隣のテーブルに着き、向かいには先日ホテルの部屋で出迎えに来た男が座った。

高嶺は双葉と目があうと、「やぁ」と爽《さわ》やかに笑った。

「こ……こんばんは」

「同僚の人たちかな」

「そうです。同期で……あの、このお肉なんですけど」

「ああ、オーナーから、だよ。冷めないうちにいただいたらどうかな」

「あ……はい。いただきます」

元アルバイターへのオーナーからのサービス、と言えば一応筋は通る。けっして高嶺からＪＳＩＡ社員へ、ではないのだ。

つべこべ言っても仕方ないと諦めて双葉が食べ始めると、観念したのか鈴本も箸を付けた。津島と工藤はずいぶんとたってから、挙動不審になりつつ食べ出した。きっと味なんてわからないだろう。

「知りあいだったのか……？」

ちらちらと高嶺を見ながら津島が小声で尋ねた。

「うん、まぁ。あ、やっぱりこれ美味しい。火の通し加減が絶妙だし、厚さもいいよね。わさびソースもあう」

「食レポする余裕があるのはさすがだな」

鈴本は呆れているが、当然だとも思っているようだった。だがそうは思えない津島は、肘《ひじ》で双葉を突いてきた。

「なんで言ってくれなかったんだ」

「いや、むしろなんで言う必要が……」

「同期だろ」

「確かに同期ですけど」

「知りあいなら紹介してくれたってよかったじゃないか。この間、食堂で話してただろ」

「は……？」

津島にとっては筋の通ったことのようだが、あいにく双葉には呑み込めないことだった。高嶺について多少熱く語っていたし、評価もしていると言っていたが、どうもそれだけではないような気がした。むしろ信奉者といったほうがしっくり来た。

何度も高嶺に視線を送っているその目か、心なしかキラキラと輝いているようにも見えた。緊張を孕《はら》んでいる工藤とはまったく違っていた。

果たしてＪＳＩＡの調査員がこんなことでいいのか。後で朝比奈に相談しようと心に決めた。

「鈴本くんとはずいぶん久しぶりだね。君は法務課だったかな」

「え、ええ……あの、ご無沙汰《ぶさた》しております」

「最後に会ったのもここだったね、そう言えば」

「はい」

「西崎くんとは、よく食事に？」

「たまにですけど」

「そう」

高嶺は軽く何度も頷き、運ばれてきた水割りに口を付けた。

いつどこで見ても上品な紳士としか言いようがない。物腰が柔らかいこともあり、少しずつ工藤も緊張が取れてきたようだった。さすがに言葉は呑み込んでいるようだが、目が雄弁に彼の抱いた疑問を訴えてきた。

それを察し、高嶺は柔らかく微笑《ほほえ》んだ。

「以前、ここでよく食事をしていてね」

「な、なるほど」

「君たちは調査部かな」

「そ、そうです。自分は工藤陽太《ようた》と申します。西崎たちとお知り合いだとは知りませんでした」

「まぁ、客と従業員という関係だからね。鈴本くんの伯父さんはわたしの父と親しいそうなんだが、わたし自身は政界に疎いんだよ」

「立候補なさるという噂がありますけど」

ズバズバと突っ込んでいく工藤のメンタルの強さにある意味感心した。鈴本と津島が顔色をなくしているのもおかまいなしだった。

「あり得ないよ。しかし君、おもしろい子だね」

「ありがとうございます……！」

工藤の尻に尻尾が生えている幻影が見え、思わず双葉は瞬《まばた》きをした。相手が誰でも褒められたら喜ぶようだ。いまのが褒め言葉だったかどうかはともかく。

　高嶺はじっと双葉を見つめていた。

「上手くいっているのかな？　会社の待遇に不満は？」

「な、ないですよ」

「そうか。それは残念だな。もし少しでも不満があるなら、我が社に来てもらおうと思っていたんだけどね」

「えっ……」

　絶句する双葉に、高嶺は甘いと言っても過言ではないくらいの笑みを浮かべた。

「また食事をしようね。食べたいものがあったらなんでも言いなさい」

　双葉は返事も出来ず、口をぱくぱくと動かすばかりだった。まさかここで暴露されるとは思ってもみなかったのだ。

「しょ、食事？　またって……西崎？」

「ときどき会って食事をね。ああ、もちろん朝比奈くん公認だ」

「ちょっ……問題ないのか、それっ！」

「それが問題なら、さっきの網焼きも問題だねぇ……」

　にこやかに笑う様はあくまで優しそうなのに、チロリと黒いものが見え隠れしていた。津島と工藤は軽く噎《む》せていた。

「おや、ずいぶんと早いお迎えだ」

「あ……」

「朝比奈さんまでっ……？」

双葉を含めた同期四人は揃《そろ》って困惑していた。三人でいっせいに双葉の顔を見たが、もちろん来るなんて知らなかった。

「よろしければ、どうぞ」

高嶺が言うと同時に、彼の同行者が立ち上がって朝比奈に席を譲った。四人がけなので座る場所はあったのだが、彼はカウンター席へ行ってしまった。

迷惑そうに朝比奈は高嶺の向かいに落ち着く。すごい絵面《えづら》だと思った。

「相変わらず過保護な男だ」

「あんたが来ると思ったんでね」

「おや、わたしに会いに来たのかな」

「冗談は休み休み言え」

ぽんぽんと飛び交う言葉に同期三人は目を丸くしていた。親しいのかいがみ合っているのか、判断の難しい雰囲気とやりとりだ。双葉ですらそう感じるのだから、初めて目の当たりにする三人が混乱しても無理はない。

「ど、どういう関係なんですか……」

今度は津島が切り込んでいった。

「仕事上では多々対立している関係だよ」

「基本的にはそうだろうね」

「だがわたし個人としては、大変好ましく思っているよ。出来ることならば、わたしの後継者に指名したいくらいにはね」

とんでもないことを言ってくれた高嶺に、ある者は目を瞠《みは》り、ある者はぽかんと口を開けた。そして朝比奈はうんざりした様子で足を組み、双葉は両手で頭を抱えた。

たとえいまのが最大級の評価であっても、いやだからこそ、もうなにも言わないでくれと願わずにいられなかった。


「え……」

双葉は開発部の部長を前に、ぽかんと口を開けて間抜け面をさらすという、社員としてあるまじき姿をさらしていた。

だが部長はそれを咎《とが》めたりはしない。当然の反応だと思っていたし、彼自身も相当に困惑しているからだ。

「……聞き間違えたみたいです。もう一度お願いします」

「現実逃避するな、西崎」

「え、で……でも……」

視点の定まらない双葉に嘆息し、部長はゆっくりともう一度言った。

「高嶺から、君に名指しで警備システム開発の依頼が入った。いいか、高嶺の会社から、西崎双葉への依頼だ」

部長は「高嶺」の部分をことさら強調し、その後で大きな溜め息をつきながら椅子に身体を深く預けた。

「……倒れたいです」

「待て。気持ちはわかるが逃避はするな。とりあえず会う予定を入れて、話を聞けというのが上の指示だ。大丈夫だな？　もちろん一人で会わせるわけじゃない。わたしと、調査部の部長が入る。それと朝比奈を呼び戻しているところだ」

「えっ、今日なんですかっ？」

いきなり過ぎてやはりこのまま倒れてしまいたくなった。心の準備くらいさせてくれてもよさそうなものなのに。

「早急に、という要望でね……あわよくば朝比奈抜きでやりたかったんだろうな。朝比奈が高嶺案件に取り組んでることは向こうも承知だろうし」

「ああ……」

「高嶺からそれらしいことは聞いてなかったのか？」

「ないです。っていうか、皆さんが思ってるほど頻繁に連絡取りあったりはしてないので……誕生日とか、そういうときにメールくれる程度なんですよ。あの……たまにご飯に呼びだされたりもしますけど」

「そうなのか」

直属の上司は双葉の出生を知っている一人だ。双葉が配属されるにあたって上層部から呼び出されて説明を受け、部屋に戻ってから頭を抱えたという。当然だと思った。高嶺の実子を部下に持つなんて面倒に決まっている。

心のなかで双葉は上司に向けて手を合わせた。

「向こうもあんまり接触しないほうがいいと思ってるらしくて。会うときはかなり慎重というか、いろいろ固めてきます」

「まぁ、そうかもな。うん……その、なんだ。面倒な立場だがＪＳＩＡ社員としての自覚を持ってだな、公私の区別をつけてもらえれば……」

「あ、はい。それはもちろん」

「ついでに調査部の部長からの伝言だ。朝比奈をきっちり繋ぎとめておいてくれ、だそうだ」

「それは一体……」

どんな意味で言われたのだろうかとふたたび目が泳いでしまう。まさか恋愛関係について口出しするとは思えないから、考えられるとすれば朝比奈が高嶺サイドに行かないように頑張ってくれ、という意味なのだろう。

荷が重すぎる。しがない開発部社員の二十一歳になんてことを求めているのだ。

「大丈夫だとは思いますけど……」

「そうあって欲しいよ」

後で胃薬の差し入れでもしようかな、と双葉がこっそり考えた数時間後。午後一番で高嶺は秘書を連れて堂々とＪＳＩＡにやってきた。

二度目の訪問に、社内は一度目と同様にざわついたという。伝聞でしか知らないのは、双葉が応接室にずっといたからだ。昼休みに入ると同時に開発部から連れ出され、以降ずっと朝比奈と応接室に詰めていたのだ。昼食も一緒にここで摂った。

ちなみに移動途中の廊下で会った津島はテンションが異様に高かった。彼はあの〈美づ木〉の夜以来、双葉に対してやたらとフレンドリーだ。鈴本のことは避けているようだが、朝比奈には尊敬や畏《い》怖《ふ》の類《たぐ》いの視線を向けている。ようするに高嶺は津島にとってブランドなのだろう。それもハイブランドなのだ。

ＪＳＩＡでの実績よりも高嶺との繋がりのほうが価値がある、というのは、やはり間違っている気がしてならなかった。

近くで聞いていた社員もいたから、あるいは問題視されて報告が上がるかもしれない。

（もう少し怒られたほうがいいよ）

工藤みたいに、と続けて、双葉は小さく溜め息をついた。

いま応接室には双葉のほかに、上司が二人いる。朝比奈はエントランスロビーまで高嶺を出迎えに行っていた。

「あの、すみません。いろいろと……」

「いや、君のせいじゃないことはわかっている」

「高嶺は一体なにを考えているんだか……」

二人の部長はどちらも溜め息まじりだった。特に調査部の部長に双葉は同情している。朝比奈を始め、津島やら工藤やら、そしてずいぶんおとなしくなったとはいえ布施や穂村を部下に持つ彼は、さぞ心労が絶えないことだろう。

「君から見て、高嶺はどんな男なんだ？」

「……朝比奈さんとよく似てます」

双葉がそう言うと、上司たちは絶望の表情を浮かべた。ちょっとそれはひどいんじゃないかなと、恋人である双葉は心のなかで拗《す》ねた。

やがて朝比奈がクライアントの二人を連れて現れた。ほかのクライアントと扱いが違うのは仕方ないことだ。

結構な人数が座れる応接セットに、全員が着席する。双葉の並びには朝比奈と開発部の上司が、そして調査部の部長は一人がけの肘掛け椅子だ。双葉たちの向かいに高嶺と、いつもの柔和な顔の男が座った。

「急な依頼で申し訳ありませんでしたね」

「い、いえ……」

初めて高嶺と対峙《たいじ》する上司が顔を引きつらせているのを見て、双葉は心のなかで謝った。これでもう何度目になるかわからない。きっとこれからも謝り続けることになるに違いなかった。

「朝比奈くんも、わざわざ戻って来てくれたようで……」

「状況が状況ですので、ほかの者に預けてきましたよ」

「ずいぶんと警戒されているようですね。まぁ仕方ないのかな」

高嶺はそう言って微笑み、ＪＳＩＡ側の面々と目をあわせた後、名刺を差し出した。以前彼がここに来たときも朝比奈が対応したらしいが、そのときは調査部の部長は同席しなかったそうだ。

名刺を交換するしぐさがずいぶんとぎこちなかった。

双葉もやや緊張しながら名刺を渡した。生まれて初めてのことだ。開発部の役職のない社員はほとんど名刺を持っていないのだが、双葉はなぜか入社と同時に作ってもらった。将来的に指名の仕事が入りそうだから、というのが上司の説明だったが、まさかこんなに早く使う機会が来るとは思っていなかっただろう。

受け取った高嶺の名刺には、ＴＭＴホールディングス代表取締役社長と記載されている。高嶺の表の顔の肩書きだ。

「それで、システムの開発ということですが、なぜうちの西崎に？　そちらにも優秀な人材は大勢いらっしゃるかと思うんですが」

「確かに。ですがわたしは西崎くんの能力を高く買っているんですよ。彼なら、わたしの希望通りのシステムを作ってくれるのではないかと期待しています」

「システムですか？」

「ええ。生体電流を利用して、対象者の異変を知らせる……ようするに見守りシステムを構築出来たらと思っていまして」

依頼内容が意外なほどまともで拍子抜けしてしまう。とはいえ、やはり双葉に依頼してくるのは不自然だと思った。仮に双葉が大学で生体電流の研究をしていたというならともかく、そういうわけではないからだ。

朝比奈は無反応だったが、上司二人は戸惑っていた。

「見守り……というと、一人暮らしのお年寄りとか、そういうことですか？」

「そうです。今度、警備会社を立ち上げることになりましてね。その暁《あかつき》にはＪＳＩＡに業務提携を申し入れたいと思ってるんですよ」

「業務提携？」

上司が二人してぎょっとしているのが見なくても伝わってくる。依頼どころか、会社単位での提携など考えもしなかったのだろう。普通はそうだ。

「警備員の指導や、実際の警備人員としてですが。ＪＳＩＡさんにはノウハウがありますし」

「そっちにも完璧なのがありそうですがね」

朝比奈が口を挟むと、なぜか上司たちは安堵《あんど》していた。高嶺と直接対峙するのはどうやら精神衛生上よろしくないらしい。

高嶺はにっこりと笑った。

「それがそうでもないんだよ。うちのノウハウは、どうにも物騒でいけない」

「確かに」

「だからもう少し穏便な警備に移行しようかと」

まるで謎かけのようだと思った。話し相手を朝比奈に定めた高嶺は、ただ仕事の話をしに来たわけではなさそうだった。

朝比奈はなにかに気付いた様子だが、もう少し様子を見ることにしたらしい。視線で高嶺に続きを促した。

「実は少々、事業を縮小しようと思っていましてね」

「いま新しく立ち上げると聞いたばかりですが？」

「そちらのほうは、今後も拡大していきますよ。ＴＭＴホールディングスはね」

にこやかな高嶺とは逆に、ＪＳＩＡの面々の緊張感は増していた。言葉の真意を読み取ろうと、若干ピリピリしている。

ＴＭＴホールディングスは表の仕事だ。それは拡大するが、そちらではないほうは縮小していく。つまり裏の仕事を減らしていく、という意味なのだ。

本当だろうか。どうしていま、急にそんなことを言い出したのだろうか。敵地と言ってもいい、この場所で。

双葉は問うようにじっと高嶺を見つめる。

目があうと、先日も見た甘い笑みを浮かべられた。

「大手を振って、会いに行きたい相手がいるものでね」

「え……」

視線はまっすぐ双葉に向けられている。言葉の意味が正しく伝わるように、誤解する余地も逃げる隙も与えないように——。

「ようやく、か？」

朝比奈が鼻を鳴らすと、高嶺は苦笑を浮かべた。

「それを言われると弱いな。わたしにも、どうしても逆らえない相手というものがいたんだよ。ああ、まだいるんだけどね」

「……なるほど。容態がよろしくないというのは本当らしい」

「長くはないだろうと言われているよ。あの人は、わたしにとっては大きすぎる相手でね、恩恵は計り知れないが、障害でもあった」

高嶺の家格が、そして父親の存在が、かつて双葉の母親に身を引かせたのだ。なにを言われたわけでもなかっただろう。そもそも付きあっていたことも妊娠も知らなかったはずだ。それでも母親が自身と我が子の身に不安を覚えるほど、高嶺の父親には恐ろしい噂があったらしい。実際のところはわからないが、秘書の自殺が疑問視されたり、身内に事故死が続いていたことは確かなようだ。

「そう言えば、黒い噂なら息子以上でしたね」

「情けない話だが、おかげでいまだに愛《いと》しい我が子を抱きしめてもやれない」

双葉の顔はすでに真っ赤だ。朝比奈だけならばともかく、ほかに何人もいる前でこんなことを言われ、愛情あふれる顔で見つめられたら、照れくさくて恥ずかしくて嬉しくて、もうどうしていいかわからなくなる。

朝比奈はそんな双葉を見て、少し――いやかなりおもしろくなさそうな顔をした。

「とはいえ、簡単にすべてから手を引くのは難しい。反発も考えなくてはならないからね」

「表のグレーゾーンが増えるだけじゃないんですかね」

「それはなんとも言えないな」

曖昧な笑みは肯定したも同然だが、それ以上追及する者はいなかった。依頼がない以上は関係ない話だからだ。

「結局のところ、誰かさんの戸籍に息子の名前を入れるのが目的ってことで、いいんですね？　そのために何年もかけてまわりくどいことをすると」

「現状だと、関係が希薄だからねぇ……すでにどこかの馬の骨に取られてしまったし」

ははは、と軽く笑っているが、ほかの人間は誰も笑えなかった。ただ認知をするために、どうして会

社を立ち上げたり依頼したり業務提携をしたりするのか、意味がわからなかった。きっと理解出来るのは朝比奈だけだ。

そして高嶺はさらなる爆弾を用意していた。

「まぁ、馬の骨がわたしの後を継いでくれるのが、理想の形なんだけれどね」

それは前に聞いたな、と双葉は遠い目をする。こう何度も言うからには本気なのだろうが、なにも上司たちがいる前で言わなくてもよかったのではないだろうか。いや、いるからこそ意思を明確にしたとも言えるが。

石化している二人の上司を、双葉は何度目かわからない申し訳ない気持ちで見つめた。


あれからJSIAは大騒ぎだった。

騒いでいたのは上のほうなので、一介の開発員や調査員、そして事務員にはまだ関係なかったのだが、すでに高嶺の来訪は知るところとなっていたので、その後の一部の慌《あわ》ただしさに異変を感じ取った社員は多かったようだ。

おかげで開発部の面々から、双葉は質問という名の集中砲火を浴びた。

「精神的に被害受けたよ……！」

「お疲れさん」

ポンポンと肩を叩《たた》いて宥《なだ》めてくれるのは布施で、いまは二人で留守番がてら調理中だ。朝比奈はあれから上司や役員らと協議を続けているし、穂村は個人での仕事でまだ帰ってきていない。

もちろん布施に依頼内容は言っていないが、依頼ではない部分――双葉の認知だとか朝比奈への後継者発言、そして裏の世界からの脱却――といった部分は教えた。

「すげぇな。本気っぽいよな」

「やっぱり本気なのかな……」

「そりゃそうだろ。つーか、あのオッサンは双葉ちゃんのことになるとおもしろいよな。間接的にいろいろ聞いてる分には楽しいわ」

でも直接関わりたくはない、と布施は遠慮なく言った。

「将来のこと考えるとちょっと気が重い……」

「なんでよ」

「社会的立場とか、いろいろすごすぎて……」

「あー、確かに大変だろうとは思うぜ。だって認知するってことは、高嶺の莫大な財産が……」

「うわーっ！　聞きたくない聞きたくない！」

そんな話は怖くて聞きたくなかった。別に無欲だとか、そんなことではない。布施の言う通り莫大すぎてひたすら怖いだけだった。

布施は気の毒そうに双葉を見ていた。

「高嶺の愛は重たいよな。いろんな意味で」

「……うん」

「双葉ちゃんは、かなり厄介な人たちに愛されてるからな。しかも同種」

「そうなんだよ……ほんと、そう。あの二人ってさ、前から、こう……シンパシー！　って感じだったもん」

双葉が疎外感を覚えたことがあるほど、二人のあいだには独特の空気が流れていた。朝比奈を本当の意味で理解出来るのは高嶺だと思ったし、逆もしかりだと思った。双葉のような人間は、なにをどうしても入り込むことが出来ないのだ。

「なんかわかるな」

「後継者とか、言っちゃってるし」

「それは表だったらいいんじゃね、って思うわ。だって朝比奈さん、本来だったら御原《みはら》グループ継ぐはずだったんだろ。弟の出来がよくねぇから、いまからでも朝比奈さんを呼び戻したらどうか、みたいな声はあるらしいぜ」

「そうなんだ」

「まぁ御原より高嶺のとこのほうが断然デカいけどな。やりがい求めるなら高嶺んとこだな」

「それって表、だよね？」

恐る恐る尋ねると、布施は大きく頷いた。

「当然。だって高嶺は裏からの引退目論《もくろ》んでるんだろ？　すげぇよな、双葉ちゃんと親子の名乗りを上げるために足洗うって」

「……う、うん……」

正直なところ嬉しくて、自然と顔が綻《ほころ》んでしまう。自分のために裏の仕事から手を引こうとしてくれているのだ。以前から胸に巣くっていたものが、すうっと晴れていくのをあのとき感じた。

一方で大きな戸惑いもあった。変わっていくだろう状況に不安がないと言ったら嘘《うそ》になった。

「ま、なにがあっても朝比奈さんがいれば大丈夫だよ」

「そうかな」

「だって、あの人だぜ？」

「そうかも……」

不思議な説得力に思わず納得させられてしまう。

鼻歌まじりにオープンのなかを覗き込んでいる布施は、さっきからやけにテンションが高い。もともと低くはないが、ことさら機嫌がよさそうだった。

「いいことでもあったんですか？」

「これからあるんだよ」

「そうなんですか？」

「うん。俺、明日から四日間の休暇。で、遥佳《はるか》も仕事明けで明日と明後日休み！　と来たら、そりゃもう、ね」

ニヤニヤとした、崩れる一歩手前の顔はあまり人に見せてはいけないものになっている。それでも男前は男前だったが。

「……布施さん、顔がやらしーことになってる」

「そりゃあ遥佳にあんなこととかこんなこととかしちゃうぜー、って考えてるからな。いっぱい泣かせちゃえとかね。そうでもしないと、泣き顔なんて拝めねえし。可愛いんだよね、泣きながら感じまくっちゃうのとか」

「そういう話を僕に聞かせるのやめてー」

「なんでよ。双葉ちゃんだって、されてるじゃん」

「だからこそ！　って言うかね、よく知ってる人のそういう話って、なんかこう……生々しくて嫌なんだってば」

「なるほど。だから遥佳は殴りかかってくるんだな」

どうやら穂村にも同じようなことをしているらしい。ということは、双葉と朝比奈のことを話しているということか。

はっと気付き、双葉は布施を睨《にら》み付けた。

「セクハラ！」

「いやいや、世間話みたいなもんだって。つか、あれよ？　双葉ちゃんの首とか襟元《えりもと》からキスマーク見えちゃうから、つい話題にしちゃうわけよ」

「なっ……」

とっさに双葉は首に手をやった。そこにキスマークはないのだが、朝比奈がよくキスする場所に自然と手が行ってしまった。

布施は楽しげに笑っている。

「あの……とにかく手加減してあげてください。お願いします」

穂村と同じ立場の双葉としては、自分のことのように心配になってしまう。

普段の布施は爽やかで快活な好青年なのに、恋人に対しては——特にセックスのときは朝比奈と同じになってしまうらしい。もちろん現場を見たわけではないので「らしい」としか言えないのだが、以前からの言葉の端々を鑑《かん》がみると間違ってはいないはずだ。

「それ、言っても意味ないって朝比奈さんで学ばなかった？」

「うう……」

「っていうか、双葉ちゃんも大変なんじゃないかな」

「え？」

突然自分の話になり、きょとんとしてしまう。布施は少し困ったような、あるいは同情するような顔をしていた。

「いや、帰りがけにちょっと朝比奈さんに会ったんだけど、結構キテたよ？」

「それって高嶺さんのせい？」

「ある意味ね。けど、やっぱり双葉ちゃんかなー？」

「え、なにもしてないよっ？」

「直接聞いてみれば」

知っているらしいが教える気はないようだった。今日の彼は上機嫌過ぎて少し意地悪なので、ささやかな意趣返しをすることにした。

「話は違うんだけど、最近工藤さんはどんな感じ？」

「あー……アレな。相変わらず穂村さん穂村さん、だよ」

途端にテンションが下がり、布施は小さく舌打ちした。

　工藤は穂村と組んで仕事をして以来、ますますベッタリになったのだ。おかげで双葉のところへ来ることはなくなったのだが、そこに関しては朝比奈の力が働いているような気がしてならない。とにかく工藤は穂村に懐いたままだった。

「そろそろシメようかと思ってる」

「お、穏便にね」

「大丈夫だって。再起不能まではしねぇから」

「おーい」

　笑顔でさらりと恐ろしいことを言い、布施はオーブンの前で屈《かが》みこんだ。

「よし、いい焼き色ついた」

　布施はオーブンを開けてラザニアを一皿だけ取り出した。同じ器を二つ並べて焼いたのは、一つを持って帰れるようにするためだ。一緒に作っているが、出来上がった料理は二等分してそれぞれの部屋で食べるのだ。

「これ置いてくるから、そっちも分けといて」

「あ、はい」

　布施が自分の家に戻っているあいだに、双葉はカジキマグロをカツレツにしたものを皿に盛り、冷蔵庫からサラダを出した。こちらはすでに二つに分けてあるものだ。

布施が戻って来るのと同時に朝比奈も帰宅した。穂村はまだのようだ。

「じゃ、これ持って退散しまーす。双葉ちゃん、頑張れ。あ、これ差し入れ」

料理の代わりに布施が置いて行ったのはドリンク剤だった。ちっとも嬉しくなかった。

朝比奈はドリンク剤と双葉たちのやりとりを見て、ふーんと納得していた。一を言わずとも十をわかってしまうような男なので、彼がいないあいだにどんな会話がなされたのかも、だいたい把握《はあく》してしまったのだろう。

「あー、えーと……おかえり。どうなった？」

おずおずと話しかけ、さりげなくドリンク剤を見えないところにしまう。布施からあんなことを聞いてしまったので、ついご機嫌を窺《うかが》うような態度になった。

一拍置いて朝比奈は答えた。

「依頼は受ける方向で固まった。ただし出向はしない。うちの開発部に、向こうの技術者を受け入れる形だ」

「そっか。えーと、後継者がどうのっていうのは問題視されなかった？」

「ＴＭＴホールディングスの話だからね。娘婿という立場だし、まぁ不自然ではないだろうということになったよ」

「娘じゃないし！」

あらぬ言葉に反応し、双葉はバンと音がするほどカウンタートップを叩いた。

「たとえだ。実際にそんな単語が出たわけじゃないよ」

「あ、当たり前だよ……！　真面目な会議でそんなこと言う人いたらおかしいよ」

だが遠まわしにそういう話になったことは事実らしく、あらためて双葉と朝比奈の関係は周知のことなのだと思い知った。

「西崎双葉に関しては、高嶺溺愛の息子という認識だな」

「で……溺愛……」

「事実だろう。息子のほうも、まんざらではないようだしね」

「え？」

「ついぞ見たことがないような顔をして喜んでいたんだが、自覚はなしかな？」

ネチネチとした言い方に、嫌な予感が募《つの》っていく。布施が言っていたのはこれかと、遅まきながら理解した。

「えっと……朝比奈？」

「マザコンの上にファザコンとは厄介な話だ」

「あ、いや……それは……」

事実なので反論の余地はない。マザーコンプレックスは昔から自覚していた。母一人子一人で生きて来て、その後亡くしてしまったのだから、そうなるのは仕方ないと開き直ってきた。父親に関しても、言われてしまうとその通りという気がした。

ネクタイを緩《ゆる》めながらソファに座り、朝比奈は薄く笑いながら双葉を見つめる。視線一つで、意味がわかるようになるくらいには一緒にいるし、誰よりも近いという自負はあった。

キッチンから出て、朝比奈の隣に座った。普段と変わりなく見える顔に目を向けて、双葉は少し首を傾《かし》げる。

「もしかして、妬《や》いてる？」

「盛大にね」

「えー、だって父親だよ？　立ち位置が全然違うよ？」

「承知しているよ。あの男が君に邪《よこしま》な想いを抱いていないこともわかっている」

「だったら……」

「理屈じゃない、ということだね。コントロールが難しい、なかなか興味深い感情だ」

「興味深い、って……」

まるで研究対象かなにかのように言っているが、ようするに感情に振りまわされている、ということらしい。

ほんの少しだけ、可愛いなと思ってしまった。

だから双葉が朝比奈に軽いキスをしたのも意識してのことではなく、気がついたらしていただけだった。

ほんのわずかにだが目を瞠った朝比奈を見て、なんだかやけに嬉しくなった。

「こんなこと、朝比奈にしかしないよ？」

「知ってる」

「機嫌直った？」

「もう少しだな」

ひょいっと抱き上げられ、双葉はとっさに朝比奈の首にしがみついた。

朝比奈はそのまま立ち上がり、重さなど感じていないように寝室まで双葉を運んでいく。多少じたばたしても無駄な足搔《あが》きだった。

「待って待って、ご飯出来てるから！」

「後でいい」

首筋に顔を埋められ、びくっと身体が震えた。抱かれ慣れた身体は、軽く舐《な》められただけでも官能のスイッチが入ってしまう。

シャワーは帰宅してすぐに浴びた。髪からもふわりとシャンプーの香りが立っているはずだった。

少し唸《うな》って考えて、双葉はそろりと顔を上げた。そのあいだ朝比奈は髪を撫《な》でるだけで、なにもしてこなかった。

「……少しで直んの？」

「おそらくね」

絶対嘘だな、と思いながら、双葉は溜め息と一緒に力を逃した。抵抗したって無駄なのだから疲れるだけだし、そもそも抱かれるのは嫌じゃない。夕食もまだなのだから、延々とするなんていうことはないだろう。

「いいよ」

目を伏せながら朝比奈のネクタイに手を伸ばそうとすると、唇《くちびる》を塞《ふさ》がれてベッドに組み敷かれた。

熱い舌が唇を舐め、開いたところから入り込んでくる。口のなかを舐められると、ぞくぞくとしたあやしい感覚が湧《わ》き上がってきてたまらなかった。

深いキスをしながら脱がされ、双葉もまた朝比奈を脱がそうと躍起《やっき》になった。

双葉が脱がされる速さと脱がす速さでは、圧倒的に前者のほうに軍配が上がる。双葉が身に着けているものがほぼなくなっても、朝比奈はようやく上着とネクタイがなくなり、シャツのボタンが上から四つほど外れただけだった。そもそも双葉はTシャツにハーフパンツという出で立ちだったので当然と言えば当然なのだが。

さらした肌の上を乾いた唇が滑っていく。エアコンで少し冷やされた肌に、熱が心地よかった。

「あっ……」

すっかり開発されてしまった身体は、吸われたり舐められたりするだけで簡単に息が上がり、熱くなってしまう。

声も抑えられなかった。

「っぁ、ん……！」

乳首を吸われ、ローションで濡《ぬ》らした指で深いところを探られると、腰が勝手に跳ねてどうしようもなくなる。

少し性急なのはまだ少し拗ねているせいかもしれない。

それでも身体は愛撫《あいぶ》に溶けて、急速に解れていく。朝比奈の指を締め付け、動かされるたびに自然に腰を揺らしてしまった。

「あっ、あ……」

指が動くたびに濡れた音がして、双葉の声と絡みあう。

後ろだけでいける身体になってもうずいぶんとたっているから、いまだって朝比奈がその気になれば簡単に双葉は絶頂を迎えるだろう。

「乗り気じゃなかったわりに、ずいぶん気持ちよさそうだ」

「う……るさっ……」

だってしょうがないのだ。この身体は朝比奈がそういうふうに作り変えてしまったのだから。快楽に弱い身体なのは自覚している。けれども嫌悪はない。朝比奈がそれを望むのならばかまわなかった。

指が奥を探ると、びくんと腰が跳ねた。奥底が疼《うず》いて、もっともっと……と強請《ねだ》っているのがわかった。

「も……入れて……」

「早いね」

くすりと笑う朝比奈を軽く睨み付けるが、涙の膜が張った目で睨んだところで相手を煽《あお》るだけだった。一応知っているが、いつまでたっても双葉はこれがやめられない。

もう一度キスをされ、指がすべて引き抜かれた。

喪失感のようなものを覚えるこの瞬間は、何度味わっても好きになれなかった。安堵より寂しさを感じる自分は、とっくにおかしな身体になっているのだろう。

身体を深く折るようにして腰を浮かされ、さんざん解されて溶けたところに熱いものが押し当てられる。ぞくんと身体が震えるのは、きっと歓喜と期待のせいだ。

「は、っ……あ、あ……」

ゆっくりと朝比奈が入って来る。じりじりと身体が開かれていくたびに、双葉は自分が満たされていくのを感じた。

今日の朝比奈はいつになく求めるのが早く、まるで餓《う》えているかのようにすぐさま双葉を穿《うが》ってきた。

「あぁっ……」

珍しく最初から激しく突かれた。乱暴ではないけれどそれはひどく荒々しくて、双葉はたちまち快楽の渦のなかに叩き込まれてしまった。

声が止まらない。ガツガツと突き上げられ、身体は絶頂へと追い立てられていく。

「やっ、も……ちょっ、と……ゆっくり……っ」

「こういうのも、嫌いじゃないだろう？」

「そ……だけどっ……」

否定はしない。いや、出来ない。現に双葉の身体は喜んでいて、もういく寸前だった。でも双葉はいつものほうが好きなのだ。

ゆっくりと一緒に登りつめて行くのが好きだった。

宥めるように髪を撫でられたかと思ったら、繋がったまままいきなり引き起こされた。そのときになって初めて双葉は自分がシャツの背にしがみついていたことに気付いた。

さんざん指でかき乱されて皺《しわ》だらけのシャツだが、朝比奈がほとんど肌をさらしていないことには変わりない。

ずるい、と思った。また自分だけが恥ずかしい格好になっている。

「脱いでよ」

「後でね」

「ちょっ……あ、ぁん……っ」

ゆさゆさと身体を揺すり上げられて、あたまのてっぺんまで快感が走り抜けた。必死にしがみついて、仰《の》け反《ぞ》って、自分ではどうにもならない感覚に声を上げ続けた。

ずん、と深く穿たれて、足の指先がぎゅうっと折り曲がる。さらした喉に噛《か》みつくようなキスをされ、頭のなかが真っ白になった。

「あぁっ……！」

甘い悲鳴と震える身体に、朝比奈が満足そうな笑みを浮かべる。

だが朝比奈の肉体的な欲が満たされていないのは明らかだ。双葉が解放されることもまだ当分はあり得ないし、最初から覚悟していたことでもあった。

息を整える間もなく、ふたたび横たえられて責められた。

機嫌はとっくに直っているだろうと訴えたけれど、当たり前のように朝比奈は聞いてくれなかった。

結局双葉が夕食にありつけたのは、ラザニアがすっかり冷えきった頃だった。

あとがき

お久しぶりの「賭シリーズ」でございました。皆様こんにちは、きたざわです。
まさかふたたびこのシリーズを出すことになるとは、つい先日まで考えてもおりません
でしたよ。ちょっと前に文庫化の作業はいろいろしていましたけど。
でも何冊か書いたキャラクターなので、わりとすんなり入っていけました。あ、もちろ
ん文庫化作業のおかげで比較的記憶に残ってた、っていうのもありますが。
今回はちょっとだけ、布施《ふせ》と穂村《ほむら》サイドの話も書きました！　それなりに……ではなく、
かなり幸せにやっている感じで。
そして双葉《ふたば》父。ようするにですね、今回のお話は「愛しい双葉くんをぎゅっとするため
にパパ張り切っちゃった」という話なのでした。以上。
ところで今回、結構前のシリーズの続きということで、フォーマットも以前のものにあ
わせてくださるそうです。ので、著者近影復活です。猫ですけど。いや、ここにご自分の
写真載せてらっしゃる作家さんはいなかった……はず。
カバー折り返しのこのスペースは、自分ちの子を見てもらうためにあると思ってる！
（真顔）

てなわけで、くーちゃん初お目見え。ふわもこ。なのでシルエットがヤバい(笑)。わりと太りやすい子で、しっかりカロリー管理しないと大変なことになりそうです。避妊手術後、ほぼすべての興味がご飯に向かってしまったような子なので、いつでも「ご飯食べたいよー」「ご飯ちょーだい」状態です。ふぅ……。なんとかならないものだろうか。

とまぁ、猫の話はこれくらいでフォーマットの話に戻しますが、今回は表４に縮小版の口絵が入るのも復活です〜。大集合で嬉しいです！

金《かね》ひかる先生。ありがとうございました。表紙も口絵もきれいで素敵で、本文イラストも表情豊かで可愛くて格好良くて、もうたまらんです。実は五歳児イラストに癒やされました(笑)。ちびっ子ラブリー。

またご一緒出来てとても嬉しかったです。本になるのが楽しみです。

最後に、ここまで読んでくださった方々にありがとうございました。また次回、なにかでお会い出来たら幸いです。

きたざわ尋子《じんこ》

幻冬舎ルチル文庫

大好評発売中

「きわどい賭」

きたざわ尋子

眉目秀麗な美少年・西崎双葉はある目的のため、意を決して単身上京した。その目的とは、自らの身体と引き替えに地元スキー場の閉鎖を取りやめてもらうこと。だが、経営者の御原に会いに行った双葉は、思い違いから御原の義兄・朝比奈辰征に声をかけてしまう。飄々として捉えどころのない朝比奈になぜか気に入られ、彼と生活を共にすることになった双葉は——?

イラスト

金ひかる

本体価格600円+税

シリーズ既刊好評発売中

「あやうい嘘」	本体価格600円+税
「つたない欲」	本体価格600円+税
「いとしい罠」	本体価格630円+税

発行◆幻冬舎コミックス　発売◆幻冬舎

理不尽にあまく《りふじんにあまく》

きたざわ尋子
イラスト：**千川夏味**

本体価格 870 円+税

大学生の蒼葉は、小柄でかわいい容姿のせいかなぜか変な男にばかりつきまとわれていた。そんなある日、蒼葉は父親から、護衛兼世話係をつけ、同居させると言われてしまう。戸惑う蒼葉の前に現れたのは、なんと大学一の有名人・誠志郎。最初は無口で無愛想な誠志郎を苦手に思っていたが、一緒に暮らすうちに、思いもかけず世話焼きで優しい素顔に触れ、甘やかされることに心地よさを覚えるようになった蒼葉は…。

リンクスロマンス大好評発売中

君が恋人にかわるまで《きみがこいびとにかわるまで》

きたざわ尋子
イラスト：**カワイチハル**

本体価格870円+税

会社員の絢人には、新進気鋭の建築デザイナーとして活躍する六歳下の幼馴染み・亘佑がいた。十年前、十六歳だった亘佑に告白された絢人は、弟としか見られないと告げながらもその後もなにかと隣に住む亘佑の面倒を見る日々をおくっていた。だがある日、絢人に言い寄る上司の存在を知った亘佑から「俺の想いは変わっていない。今度こそ俺のものになってくれ」と再び想いを告げられ…。

恋で せいいっぱい《こいでせいいっぱい》

きたざわ尋子
イラスト：木下けい子
本体価格 870 円+税

男の上司との公にできない恋愛関係に疲れ、衝動的に会社を退職した胡桃沢怜衣は、偶然立ち寄った家具店のオーナー・桜庭翔哉に気に入られ、そこで働くことになる。そんなある日、怜衣はマイペースで世間体にとらわれない翔哉に突然告白されたうえ、人目もはばからない大胆なアプローチを受ける。これまでずっと、男同士という理由で隠れた付きあい方しかできなかった怜衣は、翔哉が堂々と自分を「恋人」だと紹介し甘やかしてくれることを戸惑いながらも嬉しく思い…。

リンクスロマンス大好評発売中

箱庭スイートドロップ《はこにわスイートドロップ》

きたざわ尋子
イラスト：高峰 顕
本体価格870円+税

平凡で取り柄がないと自覚していた十八歳の小椋海琴は、学校の推薦で、院生たちが運営を取りしきる「第一修習院」に入ることになる。どこか放っておけない雰囲気のせいか、エリート揃いの院生たちになにかと構われる海琴は、ある日、執行部代表・津路晃雅と出会う。他を圧倒する存在感を放つ津路のことを、自分には縁のない相手だと思っていたが、ふとしたきっかけから距離が近づき、ついには津路から「好きだ」と告白を受けてしまう海琴。普段の無愛想な様子からは想像もつかないほど甘やかしてくれる津路に戸惑いながらも、今まで感じたことのない気持ちを覚えてしまった海琴は…。

硝子細工の爪《ガラスざいくのつめ》

きたざわ尋子
イラスト：**雨澄ノカ**
本体価格 870 円+税

旧家の一族である宏海は、自分の持つ不思議な『力』が人を傷つけることを知って以来、いつしか心を閉ざして過ごしてきた。だがそんなある日、宏海の前に本家の次男・隆衛が現れる。誰もが自分を避けるなか、力を怖がらず接してくる隆衛を不思議に思いながらも、少しずつ心を開いていく宏海。人の温もりに慣れない宏海は、甘やかしてくれる隆衛に戸惑いを覚えつつも惹かれていき…。

リンクスロマンス大好評発売中

臆病なジュエル《おくびょうなジュエル》

きたざわ尋子
イラスト：**陵クミコ**
本体価格855 円+税

地味だが整った容姿の湊都は、浮気性の恋人と付き合い続けたことですっかり自分に自信を無くしてしまっていた。そんなある日、勤務先の会社の倒産をきっかけに高校時代の先輩・達祐のもとを訪れることになる湊都。面倒見の良い達祐を慕っていた湊都は、久しぶりの再会を喜ぶがその矢先、達祐から「昔からおまえが好きだった」と突然の告白を受ける。必ず俺を好きにさせてみせるという強引な達祐に戸惑いながらも、一緒に過ごすことで湊都は次第に自分が変わっていくのを感じ…。

追憶の雨《ついおくのあめ》

きたざわ尋子
イラスト：高宮 東

本体価格 855 円+税

ビスクドールのような美しい容姿のレインは、長い寿命と不老の身体を持つバル・ナシュとして覚醒してから、同族の集まる島で静かに暮らしていた。そんなある日、レインのもとに新しく同族となる人物・エルナンの情報が届く。彼は、かつてレインが唯一大切にしていた少年だった。逞しく成長したエルナンは、離れていた分の想いをぶつけるようにレインを求めてきたが、レインは快楽に溺れる自分の性質を恐れ、その想いを受け入れられずにいて…。

リンクスロマンス大好評発売中

秘匿の花《ひとくのはな》

きたざわ尋子
イラスト：高宮 東

本体価格855 円+税

死期が近いと感じていた英里の元に、ある日、優美な外国人男性が現れ、君を迎えに来たと言う。カイルと名乗るその男は、英里に今の身体が寿命を迎えた後、姿形はそのままに、老化も病気もない別の生命体になるのだと告げた。その後、無事に変化を遂げた英里は自分をずっと見守ってきたというカイルから求愛される。戸惑う英里に、彼は何年でも待つと口説く。さらに英里は同族から次々とアプローチされてしまい…。

恋もよう、愛もよう《こいもよう、あいもよう》

きたざわ尋子
イラスト：角田 緑
本体価格 855 円+税

カフェで働く紗也は、同僚の洸太郎から兄の逸樹が新たに立ち上げるカフェの店長をしてくれないかと持ちかけられる。逸樹は憧れの人気絵本作家であり、その彼がオーナーでギャラリーも兼ねているカフェだと聞き、紗也は二つ返事で引き受けた。しかし実際に会った逸樹は、数多くのセフレを持ち、自堕落な性生活を送る残念なイケメンだった。その上逸樹は紗也にもセクハラまがいの行為をしてくるが、何故か逸樹に惚れてしまい…。

リンクスロマンス大好評発売中

いとしさの結晶《いとしさのけっしょう》

きたざわ尋子
イラスト：青井 秋
本体価格855 円+税

かつて事故に遭い、記憶を失ってしまった着物デザイナーの志信は、契約先の担当である保科と恋に落ち、恋人となる。しかし記憶を失う前はミヤという男のことが好きだったのを思い出した志信は別れようとするが保科は認めず、未だに恋人同士のような関係を続けていた。今では俳優として有名になったミヤをテレビで見る度、不機嫌になる保科に呆れ、引きこもりの自分がもう会うこともないと思っていた志信。だが、ある日個展に出席することになり…。

掠奪《りゃくだつ》のメソッド

きたざわ尋子
イラスト：高峰 顕
本体価格 855 円+税

過去のトラウマから、既婚者とは恋愛はしないと決めていた水鳥。しかし紆余曲折を経て、既婚者だった会社社長・柘植と付き合うことに。偽装結婚だった妻と別れた柘植の元で秘書として働きながら、充実した生活を送っていた水鳥だったが、ある日「柘植と別れろ」という脅迫状が届く。水鳥は柘植に相談するが、愛されることによって無自覚に滲み出すフェロモンにあてられた男達の中から、誰が犯人なのか絞りきれず…。

リンクスロマンス大好評発売中

掠奪《りゃくだつ》のルール

きたざわ尋子
イラスト：高峰 顕
本体価格855 円+税

既婚者とは恋愛はしない主義の水鳥は、浮気性の元恋人に犯されそうになり、家を飛び出し、バーで良く会う友人に助けを求める。友人に、とある店に連れていかれた水鳥は、そこで取引先の社長・柘植と会う。謎めいた雰囲気を持つ柘植の世話になることになった水鳥だったが、柘植からアプローチされるうち、徐々に彼に惹かれていく。しかし水鳥は既婚者である柘植とは付き合えないと思い…。

純愛のルール《じゅんあいのルール》

きたざわ尋子
イラスト：高峰 顕
本体価格 855 円+税

仕事に対する意欲をなくしてしまった、人気小説家の嘉津村は、カフェの隣の席で眠っていた大学生の青年に一目惚れしたのをきっかけに、久しぶりに作品の閃きを得る。後日、嘉津村は仕事相手の柘植が個人的に経営し、選ばれた人物だけが入店できる店で、偶然にもその青年・志緒と再会した。喜びも束の間、志緒は柘植に囲われているという噂を聞かされる。それでも、嘉津村は頻繁に店に通い、彼に告白するが…。

リンクスロマンス大好評発売中

指先は夜を奏でる《ゆびさきはよるをかなでる》

きたざわ尋子
イラスト：みろくことこ
本体価格855 円+税

音大で、ピアノを専攻している甘い顔立ちの鷹宮奏流は、父親の再婚によって義兄となった、茅野真継に二十歳の誕生日を祝われた。バーでピアノの生演奏や初めてのお酒を堪能し、心地よい酔いに身を任せ帰宅するが、突然真継に告白されてしまう。奏流が二十歳になるまでずっと我慢していたという真継に、日々口説かれることになり困惑する奏流。そんな中、真継に内緒で始めたバーでピアノを弾くアルバイトがばれてしまい…。

この本を読んでの
ご意見・ご感想を
お寄せ下さい。

〒151-0051
東京都渋谷区千駄ヶ谷4-9-7
(株)幻冬舎コミックス　リンクス編集部
「きたざわ尋子《じんこ》先生」係／「金《かね》ひかる先生」係

リンクス ロマンス

はがゆい指

2016年6月30日　第1刷発行

著者……………きたざわ尋子《じんこ》

発行人…………石原正康

発行元…………株式会社　幻冬舎コミックス
〒151-0051　東京都渋谷区千駄ヶ谷4-9-7
TEL 03-5411-6431（編集）

発売元…………株式会社　幻冬舎
〒151-0051　東京都渋谷区千駄ヶ谷4-9-7
TEL 03-5411-6222（営業）
振替00120-8-767643

印刷・製本所…共同印刷株式会社

検印廃止

万一、落丁乱丁のある場合は送料当社負担でお取替致します。幻冬舎宛にお送り下さい。本書の一部あるいは全部を無断で複写複製（デジタルデータ化も含みます）、放送、データ配信等をすることは、法律で認められた場合を除き、著作権の侵害となります。定価はカバーに表示してあります。

©KITAZAWA JINKO, GENTOSHA COMICS 2016
ISBN978-4-344-83744-7 C0293
Printed in Japan

幻冬舎コミックスホームページ　http://www.gentosha-comics.net

本作品はフィクションです。実在の人物・団体・事件などには関係ありません。